Anton Zingerle

Ovidius und sein Verhältnis zu den Vorgängern

und gleichzeitigen römischen Dichtern

Anton Zingerle

Ovidius und sein Verhältnis zu den Vorgängern
und gleichzeitigen römischen Dichtern

ISBN/EAN: 9783741157660

Hergestellt in Europa, USA, Kanada, Australien, Japan

Cover: Foto ©Raphael Reischuk / pixelio.de

Manufactured and distributed by brebook publishing software
(www.brebook.com)

Anton Zingerle

Ovidius und sein Verhältnis zu den Vorgängern

OVIDIUS

UND SEIN

VERHÄLTNISS ZU DEN VORGÄNGERN

UND GLEICHZEITIGEN

RÖMISCHEN DICHTERN.

VON

ANTON ZINGERLE.

ERSTES HEFT:
OVID, CATULL, TIBULL, PROPERZ.

INNSBRUCK.
VERLAG DER WAGNER'SCHEN UNIVERSITÄTS-BUCHHANDLUNG.
1869.

Eine mehrjährige, zunächst durch andere Zwecke veranlasste Beschäftigung mit Ovid's Werken führte mich am Ende auch zu dieser Arbeit, deren erstes Heft ich hiemit der Oeffentlichkeit übergebe. Je mehr ich mich nämlich mit dem Dichter vertraut machte, desto mehr drängte sich mir vorerst der Gedanke auf, dass die Wiederholungen von einzelnen Versen sowohl, als ganzen Situationen, die sich so häufig in Ovid's Schriften finden, noch nie stark genug betont worden seien. Natürlich konnten mir auch Anklänge an Vergil, Tibull und Properz nicht entgehen. Entscheidend für meinen schon im Stillen gehegten Plan, das Einschlägige zu sammeln, wirkten die Schlussworte der Abhandlung „Ovidius und Livius," die Prof. K. Schenkl in der österreich. Gymnasialzeitschrift [1]) veröffentlichte: „Endlich sind diese Bemerkungen auch für die Beurtheilung der Darstellung und des Stiles des Ovidius nicht ohne Interesse. Man hat bisher in allzureichlichem Masse die schöpferische Originalität dieses Dichters bewundert. Eine genauere Untersuchung wird zeigen, dass auch er im Einzelnen vielfach von Vergilius, Lucretius, Tibullus

1) Jahrg. 1860. 6. Heft. S. 401.

und Propertius abhängt. Freilich darf man bei ihm kein mühevolles Zusammensetzen und Einordnen des Entlehnten voraussetzen; seine Nachahmungen sind Früchte einer ungemeinen Belesenheit und eines sehr treuen Gedächtnisses; sie sind nicht ängstlich gesucht, sondern gewiss oft dem Dichter selbst unbewusst entstanden." Und so ging ich denn an die Arbeit. Ich war mir schon damals und bin mir jetzt noch mehr der Schwierigkeiten bewusst, die eine solche Arbelt mit sich bringt, bei der es einerseits so schwer ist, Mass zu halten, da die Subjectivität bei solchen Vergleichen zu grossen Spielraum hat und bei der andererseits die Masse des Stoffes kaum je etwas Vollkommenes erreichen lässt. Ich veröffentliche daher vorerst als Probe nur das erste Heft, welches nebst den vorzüglichsten ovidianischen Wiederholungen die Anklänge an Catullus, Tibullus und Propertius enthalten soll. Von der Aufnahme dieser Probe wird es abhängen, ob auch die Reminiscenzen aus Lucretius und Vergilius, zu denen das Material schon bereit liegt, folgen werden.

Soll ich hier auch ein Wort über die Hilfsmittel beifügen, die mir bei der Arbeit zu Gebote standen, so ist es wohl von vornherein klar, dass dieselben bei einer solchen Abhandlung nicht zu reichlich ausfallen konnten. Der bei weitem grösste Theil des Gebotenen wurde von mir selbst aus den Quellen gesammelt. Doch habe ich auch Alles, was mir von einschlägigen Werken, trotz meiner Entfernung von einer grösseren Bibliothek, zugänglich war, fleissig benutzt. Ich nenne für das vorliegende Heft ganz besonders die Arbeiten von Dissen, Gruppe, Gierig und Haupt.

Es erübrigt nun an dieser Stelle nur noch eine Erklärung über den Standpunkt, den ich in dieser Arbeit jenen Schriften gegenüber einnehme, deren Aechtheit von der Kritik entweder angezweifelt oder entschieden zurückgewiesen wurde. Ich bemerke in dieser Beziehung, dass ich die Heroide Ovid's: Sappho Phaoni ganz unbeachtet gelassen habe, was wohl keiner Rechtfertigung bedarf. Dagegen wird man die Halieutica, deren Aechtheit im Allgemeinen ich in meiner Dissertation „de Halieuticon fragmento Ovidio non abiudicando“ Verona 1865, nachzuweisen suchte, manchmal citirt finden. Von Tibull's angezweifelten Gedichten habe ich das 3. Buch und die Elegieen des vierten Buches stets berücksichtigt; jenes, nicht als ob ich es für ächt hielte, sondern aus dem Grunde, weil vielleicht gerade solche Vergleiche einmal für eine gründliche Untersuchung über den Verfasser nicht ganz ohne Nutzen sein könnten: diese, weil mir deren Aechtheit von 2—7 wirklich über jeden Zweifel erhaben scheint, und weil mir für die übrigen der nämliche Grund galt, wie für das 3. Buch.

Was endlich die Citate anbelangt, so citire ich Catull nach Rossbach (Leipzig 1860), Tibull ebenfalls nach der Rossbachischen Ausgabe (Leipzig 1858), Properz nach Keil (1850), Ovid nach Merkel (Leipzig 1864).

Die Abbreviaturen bei Bezeichnung der einzelnen Werke sind in der Regel die allgemein üblichen; nur die Abkürzung „Ib.“ habe ich da, wo mehrere Stellen aus dem nämlichen

Werke eines Schriftstellers sich unmittelbar folgen, sorgfältig vermieden und lieber immer den Namen des Dichters und des Werkes wiederholt, um keine Verwechslungen mit den Citaten aus der ovidischen Dichtung Ibis entstehen zu lassen. Ferner habe ich dort, wo einzelne Worte eines Verses, als minder wichtig, ausgelassen wurden, der Einfachheit wegen immer den Punkt zur Bezeichnung eines ganzen Wortes, nicht einer Silbe angewendet.

Trient, 9. November 1868.

Ein oft citirtes Distichon aus jener poetischen Selbstbiographie Ovid's, in der uns der Dichter seine natürliche Anlage und entschiedene Hinneigung zur Poesie auf eine so anmuthige Weise schildert, ist für unsere Aufgabe von ganz besonderer Wichtigkeit und bildet gleichsam den Schlüssel zur richtigen Auffassung und naturgemässen Erklärung aller jener Erscheinungen, denen wir im Laufe dieser Untersuchung begegnen werden. Wir meinen die Verse: Trist. 4, 10, 25 und 26:

Sponte sua carmen numeros veniebat ad aptos,
Et quod temptabam dicere, versus erat.

Mit diesen eigenen Worten des Dichters können wir noch die Notiz bei Seneca Controv. II, 10, p. 172 zusammenstellen, die uns jene gewissermassen vervollständigt: Oratio eius iam tum nihil aliud poterat videri quam solutum carmen. Wir haben es also mit einem Dichter zu thun, bei dem der Trieb zur Poesie Grundzug seines Wesens, bei dem das Verseschreiben eine freiwillige Gabe der Natur ist. Solche Dichter werden dann natürlich, eben in Folge der raschen Leichtigkeit, in der Regel sehr produktiv, aber die Reflexion und die Feile treten dann sehr oft in gleichem Masse zurück. Jeder Gedanke gestaltet sich ihnen zum Verse und wird ohne langes, prosaisches Ueberlegen dem Papiere anvertraut. Ich erinnere hier im Vorbeigehen an unseren Rückert, dem ich übrigens durch diese Bemerkung eben so wenig ein Blatt von seinem reichen Dichterkranze antaste, als ich Ovid durch diese Untersuchung herabzudrücken gesonnen bin. Nein im Gegentheile, gerade diese Frische ist es, die solche Dichter Allen ewig theuer macht, die sie ewig jung erhält, die dem Römer Ovid — hier hört natürlich die Analogie mit Rückert auf — trotz der vielen Reminiscenzen den Ruf der Originalität eingetragen hat Dass nun, um wieder auf unser Thema zurückzukommen, bei Dichtern dieser Art auch manchmal Anklänge an eigene, frühere Dichtungen und Selbstwiederholungen mitunterlaufen können, ist wohl schon an sich klar. Bei Ovid aber, bei dem sich solche Wiederholungen denn wirklich in grosser Anzahl finden, wird die Sache noch um so leichter erklärlich, wenn wir auch noch die Stoffe, die seinen Gedichten zu Grunde liegen, seine Versmasse und endlich seine Lebensumstände in Betracht ziehen. Wie oft nämlich wurde der Dichter in den Fasti und Metamorphosen einerseits und in den verschiedenen Gattungen seiner erotischen Poesieen andererseits durch den Gegenstand selbst auf ähnliche Situationen zurückgeführt, wo es dann bei der Aehnlichkeit des Metrum, da er ja immer den Hexameter oder das Distichon gebrauchte, wirklich schwer wurde, ähnliche Verse oder Versausgänge zu vermeiden! Nehmen wir noch den Umstand dazu, dass, als durch das traurige Loos der plötzlichen Verbannung seine Kraft gebrochen wurde, an die Metamorphosen noch nicht die letzte verbessernde Hand gelegt war, die Fasti noch ihrer Vollendung harrten und dass die Gedichte, die aus der Verbannung geschrieben wurden, nicht dichterischen Ruhm, sondern nur die Zurückberufung aus dem Exil zum Zwecke hatten, so werden wir uns über dergleichen Erscheinungen noch weniger verwundern.

Ich gehe nun nach diesen einleitenden Bemerkungen im Folgenden gleich daran, eine kleine Sammlung dieser Selbstwiederholungen, aber nur der allerauffallendsten, vorzulegen; ebenso beschränke ich mich nur auf gleichlautende Verse und Versausgänge, Phrasen u. dgl., ohne auf wiederholte Motive und Situationen, die ja ohnehin jedem Leser des Ovid bekannt genug sind, einzugehen. Ich bemerke nur noch, dass einiges Wenige von dem hier Gegebenen schon in meiner obenerwähnten Programmabhandlung veröffentlicht wurde. Bei der geringen Verbreitung der Programme aber und der Vollständigkeit willen. ziehe ich es vor, auch die wichtigsten der dort nur im Vorbeigehen citirten Verse hier meinen Bemerkungen einzuverleiben.

Wir müssen in diesem Theile unserer Untersuchung von einer kleinen Betrachtung des ovidianischen Versbaues ausgehen, da manche oft wiederholte Phrasen und Wendungen mit diesem im innigsten Zusammenhange zu stehen scheinen. Dem Charakter des Dichters, wie wir ihn oben geschildert, entsprechen auch seine Rhythmen: sie sind leicht, flüssig und ebenmässig. Ovid verstand es, das was er in dieser Beziehung von seinen Vorgängern gelernt, gehörig auszuscheiden, das ihm Bequeme beizubehalten und sich auf diese Weise eine Manier zu bilden, die ganz dem Meister leichter und anmuthiger Unterhaltungspoesie entspricht. So erklärt es sich denn, dass manche für einen mühelosen, leichten Versbau bequeme Wortstellungen, die bei früheren Dichtern nur vereinzelt sich finden, bei Ovid oft in grosser Menge auftreten, wodurch dann natürlich nicht selten eine Art von Wiederholung entstehen muss. Ich rechne hieher vor Allem die Anwendung eines Participium fut. pass. in der zweiten Hälfte des Pentameter, wie sie uns schon einige Male in den Gedichten Tibull's begegnet. Interessant ist es übrigens, nebenbei bemerkt, dass Properz in seinen kräftigen schwunghaften Rhythmen diese Stellung sehr selten anwendet und sie beinahe sorgfältig zu vermeiden scheint. Bei Ovid aber ist diese Erscheinung nicht nur im Allgemeinen häufig, sondern er geht noch weiter und setzt an jene Stelle sehr oft die Participien gewisser Lieblingswörter. Schon bei Tibull treffen wir in jenem Verstheile dreimal conspiciendus (od. conspicienda): 1, 2, 70. 2, 3, 52. 4, 6, 4. In Ovid's Gedichten wird dieser Gebrauch der Participien der Composita von specio häufig; ich notire die Beispiele, die mir zunächst aufgefallen:

aspicienda: Fast. 6, 788. Fast. 6, 254. Fast. 5, 610. Her. 9,124. A. A. 1, 400.

aspiciendus: A. A. 2, 56.

conspicienda: Fast 5, 552. Fast. 5, 28. Fast 2, 310. Am. 2, 4, 42. A. A. 3, 308. A. A. 3, 780. R. A. 680.

conspiciendus: Fast 5, 170. ex P. 4, 13, 16.

despiciendus: Fast. 5, 642.

inspicienda: Trist. 1, 5, 26. Trist. 2, 94.

Ein Paar der angeführten Stellen, vollständig hiehergesetzt, werden uns die dadurch entstehende Aehnlichkeit deutlich erweisen:

Fast. 5, 28:

Aurea, purpureo conspicienda sinu

Fast. 2, 310:

Maeonis, aurato conspicienda sinu

R. A. 680:

Nec toga sit laxo conspicienda sinu

In ganz gleicher Weise ferner sind die Participien der Composita von eo an jener Versstelle vorzüglich gerne von unserem Dichter gebraucht. Bei Tibull finden wir zweimal:

non adeunda: 1, 6, 22 und 3, 5, 2.

Nun einige Belege aus Ovid:

non adeunda: Ibis 476. Trist. 3, 10, 76. Fast. 4, 470. Fast. 6, 412. Fast. 6, 450. Fast. 4, 496. Fast. 5, 374.

vix adeunda: ex P. 1, 8, 12. Her. 17, 8.

non subeunda: Trist. 5, 6, 6.

non redeunda: Ibis 372.

praetereunda: Fast. 6, 418.

circueunda: A. A. 3, 398.

Der Gleichklang, von dem ich spreche, wird auch hier

noch klarer werden, wenn ich ein Paar der betreffenden Verse vollständig anfüge:

Tib. 1, 6, 22:

Sacra Bonae maribus non adeunda deae

Ov. Fast. 6, 450:

Sacra! vir intrabo non adeunda viro

Ov. Trist. 3, 10, 16:

Heu loca felici non adeunda viro

Eine dritte hier zu besprechende Eigenthümlichkeit Ovid's ist der öftere Gebrauch des Participium „concitus" im fünften Fusse des Hexameter:

Met. 3, 711: insano concita cursu. Met. 4, 519: denique concita mater. Met. 4, 706: praefixo concita rostro. Met. 6, 243: tento concita nervo. Met. 6, 158: divino concita motu Met. 7, 491: pleno concita velo. Met. 7, 829: crimine concita vano. Met. 8, 357: adducto concita nervo. Am. 1, 6, 7: torto concita rhombo. Her. 18, 21: odioso concita vento. Trist. 1, 10, 11: iniquis concita ventis. Met. 7, 413: rabida qui concitus ira. Met. 10, 690: numine concita nostro.

Aehnlich ist auch der Gebrauch des Participium redimitus, dem dann gewöhnlich das Substantiv capilli folgt:

Fast. 5, 79:

Tunc sic, neglectos hedera redimita capillos

Fast. 6, 483:

Bacche, racemiferos hedera redimite capillos

Fast. 1, 711:

Frondibus Actiacis comptos redimita capillos

Fast. 3, 669:

Illa, levi mitra canos redimita capillos

Am. 3, 10, 3:

Flava Ceres, tenues spicis redimita capillos

Vgl. Fast. 3, 269. 6, 321.

Auch *redimire:*

Her. 9, 63:

Ausus es hirsutos mitra redimire capillos

Vgl. Am. 1, 11, 25.

Seltener an einer andern Versstelle: Met. 9, 3. 9, 238. 14, 654.[1])

Ebenso glaube ich die bei unserem Dichter öfters gerade an einer bestimmten Versstelle wiederkehrenden Participien von imitor am besten hier berühren zu sollen:

Met. 10, 106:

. . . metas imitata cupressus

Met. 8, 736:

. faciem liquidarum imitatus aquarum

Met. 9, 340:

. . . Tyrios imitata colores

Met. 9, 481:

. . . nec abest imitata voluptas

Met. 8, 783:

. . . imitataque lunam
Cornua

A. A. 1, 438:

. . . . imitataque amantum
Verba

Am. 2, 4, 15:

. . . . rigidasque imitata Sabinas

Met. 11, 613:

. . . varias imitantia formas

Met. 13, 818:

. . . novasque imitantia ceras

Met. 2, 2:

. . . flammasque imitante pyropo[2])

Eine weitere derartige Erscheinung im Gebrauche gewisser Formen des Verbum an einer bestimmten Versstelle, die auch wieder in Ovid's Dichtungen ziemlich häufig be-

---

1) Das Wort begegnet schon zweimal in Tibull: 1, 7, 45 und 3, 4, 23. Der Gebrauch an der ersteren Stelle entspricht dem gewöhnlicheren bei Ovid: Sed varii flores et frons redimita corymbis. Die zweite Stelle: Hic iuvenis casta redimitus tempora lauro entspricht der vergilianischen Aen. 3, 81: Vittis et sacra redimitus tempora lauro.

2) Die Erscheinung findet sich auch einmal bei Tibull im 3. Buch 3, 15: Et nemora in domibus sacros imitantia lucos. In Properz traf ich die Stelle 1. 1, 58: Nec Iovis Elei caelum imitata domus.

gegnet, während sie Tibull nur manchmal, Properz aber verhältnissmässig sehr selten anwendet, ist der Imperativus Futuri am Ende des Hexameter. Ich gebe hier meine Sammlung bezüglicher Stellen aus allen drei Dichtern, da man daraus noch einen andern, wenn gleich vielleicht bloss zufälligen, Unterschied, der in diesem Gebrauche zwischen Properz einerseits und Tibull und Ovid andrerseits obzuwalten scheint, entnehmen kann.

I. Aus Tibull.

caveto: 1, 2, 87. 1, 6, 17. 4, 2, 3.
timeto: 1, 5, 69.
faveto: 4, 5, 9.
memento: 1, 8, 27.

II. Aus Properz.

negato: 3, 10, 3.
vocato: 4, 12, 45.
venito: 3, 16, 1.
memento: 3, 20, 33. 3, 5, 23. 3, 12, 27.
valeto: 3, 4, 13.

III. Aus Ovid.

caveto: Her. 13, 65. A. A 1, 591. A. A. 3, 237. R. A. 579. R. A. 689.
timeto: Am. 1, 8, 85. A. A. 2, 63. R. A 607. Met. 15, 333.
memento: Trist 3, 11, 29. Met. 14, 724.
videto: Trist, 1, 1, 101. Her. 19, 219. A. A. 1, 353.
iubeto: Am 1, 4, 29. Her. 16, 255. R. A. 671.
habeto: Fast. 5, 259. Met. 12, 80.
ardeto: A. A. 1, 139.
redito: Met. 6, 503.
venito: R. A. 505.
vocato: Met. 3, 13. Met 11, 287.
putato: Am. 2, 2, 19.
esto: A. A. 1, 737. Met. 15, 544. Fast. 2, 623. Fast. 6, 127. Met 2, 45. Met. 6, 138. Met. 10, 365. Mel. 10, 543. Met. 10, 572.

Aus diesen Beispielen nun wäre man fast versucht zu schliessen, dass Properz auch in den seltenen Fällen, wo er sich diesen Gebrauch erlaubte, wenigstens die Verba der zweiten Conjugation, die wir bei Tibull und Ovid in diesem Falle am häufigsten finden, absichtlich habe vermeiden wollen.

Ueber den Infinitiv des Perfectum in der zweiten Hälfte des Pentameter hier zu sprechen, halte ich für überflüssig, da die Erscheinung zu bekannt und schon öfters besprochen ist.

Wir reihen an diese Bemerkungen über die Stellung gewisser Verbalformen im ovidischen Versbaue noch ein Paar Beobachtungen über einen ähnlichen Gebrauch einiger Adjective und Substantive. Was zunächst jene anbelangt, so ist die Anwendung der Adjective auf *bilis* für die Bildung des fünften Fusses des Hexameter sehr bequem und darum bei Ovid oft wiederkehrend; ganz auffallend häufig aber begegnen uns an jener Stelle *miserabilis* und *spectabilis*. Hier einige Belege:

Met. 2, 329:

luctu miserabilis aegro

Met. 6, 90:

fatum miserabile matris

Met. 8, 193:

nulli miserabilis actis

Met. 13, 422:

miserabile visu

Met. 14, 751:

miserabile funus

Met. 5, 118:

miserabile carmen

Met. 6, 582:

carmen miserabile legit

A. A. 1, 737:

miserabilis esto

Met. 6, 166:

spectabilis auro

Met. 7, 498:

spectabilis heros

Met. 7, 705:

roseo spectabilis ore

Her. 6, 49:

villo spectabilis aureo

Her. 12, 201:

villo spectabilis aureo

Her. 13, 57:

multo spectabilis auro

Her. 9, 127:

lato spectabilis auro

Am. 1, 8, 59:

palla spectabilis aurea

Fast. 4, 223:

facie spectabilis Attis

Trist. 3, 8, 35:

spectabile corpus

ex P. 2, 2, 81:

placido spectabilis ore

Etwas Aehnliches ist es um den öftern Gebrauch des Adjectivum *sanguinulentus*[1]) in der zweiten Hälfte des Pentameter. Schon bei Tibull finden wir das Wort einmal an dieser Versstelle:

2, 6. 40:

Venit ad infernos sanguinulenta lacus

Aus Ovid notire ich die Stellen:

Fast. 3. 640:

Squalenti Dido sanguinulenta comam

Fast. 4, 844:

Ille premit duram sanguinulentus humum

Fast. 6, 602:

Concidit in dura sanguinulentus humo

A. A. 1, 336:

Et nece natorum sanguinolenta parens

A. A. 1, 414:

Vulneribus Latiis sanguinolenta fuit

1) Bei solchen Wörtern, wo die Schreibweise schwankt, wie hier zwischen *sanguinulentus* und *sanguinolentus*, habe ich mich streng an den mir vorliegenden Text gehalten.

A. A. 3, 242:

Plorat in invisas sanguinolenta comas

Her. 3, 50:

Pectora iactantem sanguinolenta virum

Her. 6, 46:

Praetulit infaustas sanguinolenta faces

Ibis 4:

Littera Nasonis sanguinolenta legi

Ibis 380:

Fecerunt dapibus sanguinolenta suis

Indem wir jetzt zu den Substantiven übergehen, müssen wir zuerst auf die allgemein bekannte Thatsache hinweisen, dass unser Dichter die Substantiva mit dem Ausgange auf *men* ungemein liebt, ja sogar manchmal neue Wortbildungen dieser Art sich erlaubt. Der Grund hiefür liegt auf der Hand, da auch sie sich so gut zu einem bequemen Versbaue eignen und ganz besonders wieder die Bildung des Daktylus im fünften Fusse des Hexameter erleichtern; aber gerade dadurch erklären sich wieder manche Anklänge. Ich wähle aus meiner Sammlung derartiger Nomina, die natürlich sehr reichlich ausfallen musste, hier nur zwei, um an ihnen diesen Gebrauch etwas näher zu betrachten: *velamen* und *crimen*.

Fast. 1, 431:

Gaudet, et. a pedibus tracto velamine, vota

Fast. 2, 379:

Fama manet facti. posito velamine currunt

Fast. 4, 147:

Accipit ille locus posito velamine cunctas

Am. 1, 5, 17:

Ut stetit ante oculos posito velamine nostros

Met. 3, 192:

Nunc tibi me posito visam velamine narres

A. A. 2, 613:

Ipsa Venus pubem, quotiens velamina ponit

Fast. 2, 303:

Sed cur praecipue fugiat velamina Faunus

Fast. 2, 343:

Inde tori, qui iunctus erat, velamina tangit

Her. 10, 41:

Candidaque inposui longae velamina virgae

A. A. 3, 267:

Quae nimium gracilis, pleno velamina filo

Met. 5, 594:

Molliaque inpono salici velamina curvae

Met. 6, 508:

Et lacrimae fecere fidem. Velamina Progne

Met. 11, 611:

Plumeus, unicolor, pullo velamine tectus

Andere Stellen, wo das Wort an einer andern Versstelle vorkommt, sind noch: Met. 4, 101. 4, 345. 9, 132. 11, 589. 14, 45. Fast. 6, 579.

Schon aus diesen Beispielen, die doch nur eines jener Substantive betreffen, wird man deutlich genug ersehen, wie durch diesen Gebrauch nicht nur ein gewisser Gleichklang der Verse im Allgemeinen entsteht, sondern manchmal durch öftere Hinzufügung des nämlichen Verbum (wie oben in den ersten Stellen *velamina ponere*) eine noch grössere Aehnlichkeit der betreffenden Verse unter sich hervorgerufen wird.

Bedenkt man nun noch, in welch' grosser Anzahl diese Substantive begegnen, so wird man sich einen Begriff machen können von dem Einfluss dieses Gebrauches auf den ovidischen Versbau und von der Masse der dadurch motivirten Anklänge.

Nun einige Belege für *crimen*:

Trist. 2, 95:

Res quoque privatas statui sine crimine iudex

Trist. 3, 2, 5:

Nec mihi quod lusi vero sine crimine, prodest

Trist. 4, 2, 13:

Et pariter matres et quae sine crimine castos

Her. 4, 31:

Si tamen ille prior, quo me sine crimine gessi

Her. 16, 17:

Fama tamen clara est, et adhuc sine crimine vixi

Her. 18, 95:

Altera vel potius felix sine crimine fiat

R. A. 37:

His lacrimis contentus eris sine crimine mortis

Met. 2, 433:

Impedit amplexu, nec se sine crimine prodit

Das Wort findet sich ausserdem noch an vielen anderen Stellen, die alle aufzuzählen zu weitläufig wäre; ich habe gerade diese notirt und ausgewählt, da sie uns einerseits die besprochene Sache so recht anschaulich machen und andrerseits die natürliche Brücke bilden zu einer andern Eigenthümlichkeit Ovid's, nämlich zum häufigen Gebrauche der Präposition *sine;* oft vertritt sie mit ihrem Nomen die Stelle eines adjectiv. Attributes.

Besonders auffallend ist hier vor Allem die häufige Verbindung *sine fine:*

Trist. 2, 63:

Inspice maius opus, quod adhuc sine fine reliqui

Trist. 1, 2, 75:

Non ego divitias avidus sine fine parandi

Ibis 205:

Illae me lacrimae facient sine fine beatum

ex P. 1, 10, 23:

Sed vigilo, vigilantque mei sine fine dolores

Am. 2, 10, 11:

Quid geminas, Erycina, meos sine fine dolores

Met. 2, 502:

Inmotosque oculos in se sine fine tenentem

Met. 7, 308:

Jamque petunt, pretiumque iubent sine fine pacisci

Met. 11, 792:

Pronus abit, letique viam sine fine retemptat

Met. 12, 316:

In tanto fremitu cunctis sine fine iacebat

Her. 19, 35:

Si noceo, quod amo, fateor, sine fine nocebo

ex P. 2, 8, 63:

Denique, quae mecum est et erit sine fine, cavete

Hal. 65:

Et capto fugiens cervus sine fine timore

An anderen Versstellen: ex P. 3, 6, 22. Her. 3, 15. Her. 15, 191. Her. 8, 43. Met. 4, 334. u. ö.

Aber auch anderen Verbindungen begegnen wir oft. Ich gebe die hauptsächlichsten, die mir aufgefallen:

sine labe: Trist. 2, 110. ex P. 2, 7, 49. Fast. 4, 335. Her. 16, 14. Her. 16, 69. A. A. 1, 514. Met. 2, 537.

sine arte: Her. 4, 77. A. A 3, 258. R A. 350.

sine igne: Fast. 2, 564 R. A. 244.

sine veste: Trist. 2, 105.

sine crine: A. A. 3, 250.

sine lege: A. A. 3, 133 Met. 11, 489. Met. 2, 204. Met. 1, 477.

sine honore: Met. 2, 387.

sine arbore: Trist. 3, 10, 75.

sine gramine: A. A. 3, 249.

sine pectore: Her. 15, 305

sine coniuge: Her. 16, 179.

sine ordine: Her. 17, 113. Met. 14, 206. ex P. 3, 9, 53.

sine vulnere: Met. 3, 62. Fast. 6, 747.

sine sanguine: Met. 5, 249. Met. 11, 736. Met. 8, 518.

sine flamine: Met. 7, 629.

sine acumine: Met. 2, 376.

sine murmure: Met. 5, 587.

sine fraude: Met. 15, 120.

sine pace: ex P. 3, 3, 40.

sine corpore: Met. 7, 830. Met. 11, 429. Met. 3, 417.

sine pondere: Met. 1, 26. Met. 1, 20.

sine nomine: Met 7, 275. u. A.

Bei weitem am häufigsten finden wir alle diese Verbindungen in den zwei vorletzten Füssen des Hexameter oder Pentameter.

An der betreffenden Stelle des Pentameter begegnet man auch öfters noch einer andern, ganz interessanten Zusammenstellung: *causa* mit dem Genetiv eines Substantivum in *or:*

Trist. 3, 3, 24:

Spesque tui nobis causa vigoris erit

Trist. 3, 4, 70:

Adloquar, et nulli causa timoris ero

Fast. 5, 248:

Ira Jovis magni causa timoris erat

Her. 16, 216:

Is tibi solliciti causa timoris erit

Am. 1, 4, 42:

Illa mihi caeci causa timoris erunt

Trist. 3, 8, 32:

Et nunquam queruli causa doloris abest

Am. 1, 14, 14:

Et tibi nullius causa doloris erant

Trist. 3, 7, 26:

Aut, ubi cessaras, causa ruboris eram

Ex P. 1, 5, 60:

Et nimis intenti causa laboris abest

Am. 3, 6, 10:

Magna, sed antiqui causa doloris Itys

Fast. 6, 746:

‚Nulla' Coronides ‚causa doloris' ait

Fast. 4, 246:

Reddita quaesiti causa furoris erat

Diess nun wäre das Wichtigste, was ich über die Wiederholungen, die hauptsächlich durch den Versbau veranlasst wurden, an dieser Stelle bemerken zu müssen glaubte. Ich lasse nun die auffallendsten der übrigen Aehnlichkeiten in ganzen Versen und Verstheilen ohne weitere Bemerkungen folgen:

A. A. 2, 79:

Jam Samos a laeva, . . fuerant Naxosque relictae
Et Paros et Clario Delos amata deo . . .
Dextra Lebynthos erat silvisque umbrosa Calymne
. . . .
Cum puer

93:

At pater infelix, nec iam pater, ‚Icare'! clamat
. . . .
‚Icare' clamabat, pinnas aspexit in undis

Met. 8, 220:

. . . Et iam Junonia laeva
Parte Samos fuerat, Delosque Parosque relictae,
Dextra Lebynthos erat foecundaque melle Calymne:
Cum puer

231:

At pater infelix, nec iam pater, ‚Icare', dixit,
. . . .
‚Icare' dicebat, pennas aspexit in undis

Met. 2, 460:

. . Cunctae velamina ponunt:

464:

‚I procul hinc', dixit, ‚nec sacros pollue fontes'

Fast. 2, 169:

. . . nymphae velamina ponunt

174:

‚Desere, nec castas pollue', dixit, ‚aquas'

Fast. 1, 101:

‚Disce metu posito, vates operose dierum,
Quod petis, et voces percipe mente meas'

Fast. 3, 177:

Disce, Latinorum vates operose dierum,
Quod petis, et memori pectore dicta nota

Met. 4, 26:

Quique senex ferula titubantes ebrius artus
Sustinet, et pando non fortiter haeret asello

A. A. 1, 543:

Ebrius, ecce, senex pando Silenus asello
Vix sedet

Fast. 3, 549:

Praebuit Aeneas et causam mortis et ensem,
Ipsa sua Dido concidit usa manu

Her. 7, 139:

Praebuit Aeneas et causam mortis et ensem,
Ipsa sua Dido concidit usa manu

Met. 1. 150:

Ultima caelestum, terras Astraea reliquit

Fast. 1, 250:

Ultima de superis illa reliquit humum

Met. 5, 521:

. . . neque enim praedone marito
Filia digna tua est

Fast. 4, 591:

At neque Persephone digna est praedone marito

Trist. 2, 38:

Jure capax mundus nil Jove maius habet

Fast. 5, 126:

Sedit, et invicto nil Jove maius erat

Met. 11, 224:

Ergo, ne quicquam mundus Jove maius haberet

Met. 3, 123:

Marte cadunt subiti per mutua vulnera fratres

Met. 7, 141:

Terrigenae pereunt per mutua vulnera fratres

Met. 2, 27:

Verque novum stabat cinctum florente corona

ex P. 3, 1, 11:

Tu neque ver sentis cinctum florente corona

ex P. 3, 1, 23:

Tristia per vacuos horrent absinthia campos

ex P. 3, 8, 15:

Tristia deformes pariunt absinthia campi

ex P. 3, 8, 13:

Non hic pampineis amicitur vitibus ulmus

Her. 5, 47:

Non sic adpositis vincitur vitibus ulmus

Met. 10, 100:

Pampineae vites et amictae vitibus ulmi

Trist. 2, 143:

Vidi ego pampineis oneratam vitibus ulmum

ex P. 4, 4, 32:

Quos aluit campis herba Falisca suis

Fast. 1, 84:

Quos aluit campis herba Falisca suis

Met. 6, 161:

Turaque dant sanctis et verba precantia flammis

Met. 9, 159:

Tura dabat primis et verba precantia flammis [1])

Met. 8, 787:

Talibus agrestem compellat oreada dictis

Met 12, 585:

Talibus intonsum compellat Sminthea dictis

Met. 2, 418:

Cum subit illa nemus, quod nulla ceciderat aetas

Met. 8, 329:

Silva frequens trabibus, quam nulla ceciderat aetas

1) Die Zusammenstellung *verba precantia* finden wir an derselben Versstelle noch Met. 7, 590. Der Ausdruck begegnet schon einmal in Vergil: Aen. 7, 237. Vgl. noch ex P. 4, 9, 111.

Fast. 1, 152:

Et nova de gravido palmite gemma tumet

Fast. 3, 238:

Uvidaque in tenero palmite gemma tumet

cf. Fast. 4, 128.

Am. 3, 15, 1:

Quaere novum vatem, tenerorum mater Amorum

Fast. 4, 1:

‚Alma, fave', dixi, ‚geminorum mater Amorum!'

Met. 11, 16:

Clamor et infracto Berecyntia tibia cornu

Fast. 4, 181:

Protinus inflexo Berecyntia tibia cornu

Met. 3, 532:

. . . . ‚aerane tantum

Aere repulsa valent et adunco tibia cornu

Fast. 4, 184:

Aeraque tinnitus aere repulsa dabunt

Met. 4, 392:

Obstrepuere sonis et adunco tibia cornu

Met. 3, 537:

. . et inania tympana vincant

Fast. 4, 183:

. . et inania tympana tundeat

Am. 3, 6, 58:

Pectoraque insana plangis aperta manu

Am. 3, 9, 10:

Pectoraque infesta tundat aperta manu

Met. 2, 681:

. , onusque fuit baculum silvestre sinistrae

Met. 15, 655:

. . baculumque tenens agreste sinistra

A. A. 2, 561:

Fabula narratur toto notissima caelo

Met. 4, 189:

Haec fuit in toto notissima fabula caelo

Fast. 2, 704:

Sectus humum rivo lene sonantis aquae

Fast. 6, 340:

Liquerat ad ripas lene sonantis aquae

Fast. 5, 163:

At simul inducent obscura crepuscula noctem

Met. 1, 219:

Ingredior, traherent cum sera crepuscula noctem

Her. 4, 160:

Purpureo tepidum qui movet axe diem

Am. 1, 13, 2:

Flava pruinoso quae vehit axe diem

Fast. 3, 518:

Purpureum rapido qui vehit axe diem

Met. 2, 115:

Lucifer, et caeli statione novissimus exit

Met. 11, 296:

Qui vocat auroram, caeloque novissimus exit

Met. 2, 453:

Orbe resurgebant lunaria cornua nono

Met. 8, 11:

Sexta resurgebant orientis cornua Lunae

Vgl. Fast. 2, 447.

Met. 1, 325:

Et superesse virum de tot modo milibus unum

Her. 14, 73:

„Surge age, Belide, de tot modo fratribus unus!“

cf Her. 14, 1.

R. A. 203:

Aut pavidos terre varia formidine cervos

Fast. 5, 173

. . . . . pavidos formidine cervos
Terret

Met. 2, 497:

Arcas adest, ter quinque fere natalibus actis

Met. 13, 753:

Pulcher et octonis iterum natalibus actis

Met. 8, 242:

. . . natalibus actis
Bis puerum senis

A. A. 2, 711:

Fecit et in capta Lyrneside magnus Achilles

Am. 1, 9, 33:

Ardet in abducta Briseïde magnus Achilles

Met. 7, 347:

. . Cecidere illis animique manusque

Fast. 3, 225:

Tela viris animique cadunt

Her. 10, 48:

Qualis ab Ogygio concita Baccha deo

A. A. 1, 312:

Fertur, ut Aonio concita Baccha deo

Fast. 1, 1:

Tempora cum causis Latium digesta per annum
Lapsaque sub terras ortaque signa canam

Fast. 4, 11:

Tempora cum causis, annalibus eruta priscis,
Lapsaque sub terras ortaque signa cano

Met. 9, 89:

Dixerat. et nymphe ritu succincta Dianae

Met. 10, 536:

Fine genus vestem ritu succincta Dianae [1])

---

1) vgl. noch: succinctae sacra Dianae: Met. 3, 156.

Met. 1, 179:

Terrificam capitis concussit terque quaterque
Caesariem

Met. 2, 49:

. . . qui terque quaterque
Concutiens illustre caput

Fast. 2, 509:

. , et in tenues oculis evanuit auras[1])

Met. 14. 432:

. , inque leves paulatim evanuit auras

Her. 12, 85:

Spiritus ante meus tenues vanescat in auras

Her. 1, 79:

. , et hoc crimen tenues vanescat in auras

Am. 2, 14, 41:

Ista sed aetherias vanescant dicta per auras

Vgl. ex P. 2, 11, 7. Ibis 139.

Fast 2, 919:

Illa diu reticet, pudibundaque celat amictu
Ora

Met 10, 421:

Saepe tenet vocem, pudibundaque vestibus ora
Texit

Fast. 1, 527:

Jam pius Aeneas sacra et, sacra altera, patrem
Adferet

Fast. 4, 37:

Hinc satus Aeneas . . . .
Sacra patremque humeris, altera sacra, tulit

Her. 12, 76:

Sed tibi servatus gloria maior ero

---

1) Der Vers ist, um diess hier schon zu bemerken, ganz offenbare Nachahmung des vergilianischen, Aen. 9, 658: Et procul in tenuem ex oculis evanuit auram.

Fast. 1, 711:

Tu ducibus bello gloria maior eris

Am. 2, 9, 6:

Gloria pugnantes vincere maior erat

Trist. 1, 4, 1:

Tinguitur oceano custos Erymanthidos ursae

Trist. 1, 11, 15:

Fuscabatque diem custos Erymanthidos ursae

Cf. Trist. 3, 4, 47.

Trist. 1, 5, 13:

Quam subeant animo meritorum oblivia nostro

Met. 7, 45:

Ut timeam fraudem meritique oblivia nostri [1])

Der Versausgang: *oblivia nostri* auch Trist. 1, 8 11 und 5, 7, 29.

Trist. 2, 171:

. ducem solitis circumvolet alis

Met. 14, 507:

. et remos plausis circumvolat alis

Met. 1, 264:

. . Madidis Notus evolat alis

A. A. 2, 19:

. . . et habet geminas, quibus avolet, alas

Trist. 3, 7, 34:

Rugaque in antiqua fronte senilis erit

ex P. 1, 4, 2:

Jamque meos vultus ruga senilis arat

cf. Met. 14, 96. 15, 232.

Am. 2, 3, 1:

Ei mihi, quod dominam nec vir nec femina servas

---

1) *oblivia* am nämlichen Platze noch: Met. 4, 502. 12, 539. 4, 206. Der Gebrauch schon bei Lucrez: 3, 840. 4, 823.

Ibis 453:

Deque viro fias nec femina nec vir, ut Attys

Fast. 5, 612:

Et metuit tactus assilientis aquae

Met. 6, 106:

. . . . . tactumque vereri
Assilientis aquae

Met. 1, 241:

. . . . . . fera regnat Erynis

Met. 11, 14:

. . . insanaque regnat Erinys

Met. 1, 400:

. quis hoc credat, nisi sit pro teste vetustas

Fast. 4, 203:

. . . pro magna teste vetustas
Creditur

Met. 11, 166:

Verrit humum Tyrio saturata murice palla

Fast. 2, 107:

Induerat Tyrio bis tinctam murice pallam

Ex P. 3, 1, 1:

Huc quoque Caesarei pervenit fama triumphi

Ex P. 2, 5, 27:

Nuper, ut huc magni pervenit fama triumphi

A. A. 3, 330:

Sit quoque vinosi Teïa Musa senis

Trist. 2, 364:

Praecepit lyrici Teïa Musa senis

Fast. 3, 368:

Et gravis aethereo venit ab axe fragor

Trist. 1, 2, 46:

Quantus ab aetherio personat axe fragor

Am. 1, 6, 1:

Janitor, indignum! dura religate catena

Her. 10, 89:

Tantum ne religer dura captiva catena

A. A. 1, 169:

. . telumque volatile sensit

Met. 7, 841:

. . . . telumque volatile misi

A. A. 3, 71:

Nec tua frangetur nocturna ianua rixa

R. A. 31:

Effice nocturna frangatur ianua rixa

Ex P. 1, 2, 3:

Qui nasci ut posses . . .
Non omnes Fabios abstulit una dies

Fast. 2, 236:

Ad bellum missos perdidit una dies

241:

Scilicet ut posses olim tu, Maxime, nasci

Trist. 3, 8, 1:

Nunc ego Triptolemi cuperem conscendere currus,
Misit in ignotam qui rude semen humum

Met. 5, 646:

Triptolemo, partimque rudi data semina iussit
Spargere humo

Trist. 4, 2, 22:

Ante coronatos ire videbit equos

Ex P. 2, 1, 58:

Laeta coronatis Roma videbit equis

Trist. 4, 2, 25:

Quorum pars causas et res et nomina quaeret

A. A. 1, 219:

Atque aliqua ex illis cum regum nomina quaeret

ex P. 1, 2, 118:

Auxilio trepidis quae solet esse reis

ex P. 2, 2, 52:

Quo poteras trepidis utilis esse reis

Fast. 1, 22:

Civica pro trepidis cum tulit arma reis

Fast. 1, 525:

Urite victrices Neptunia Pergama flammae

Met. 14, 467:

. . , et Danaas paverunt Pergama flammas

Her. 12, 143:

Turba ruunt, et ‚Hymen' clamant, ‚Hymenaee'

Her. 14, 27:

Vulgus ‚Hymen, Hymenaee' vocant

Met. 5, 67:

. . . descendit in ilia ferrum

Met. 4, 119:

. . . demisit in ilia ferrum

Met. 7, 263:

. . . spumisque tumentibus albet

Met. 11, 501:

. . spumisque sonantibus albet

Fast. 2, 553:

Perque vias urbis Latiosque ululasse per agros

Met. 13, 571:

Tum quoque Sithonios ululavit maesta per agros

Met. 9, 643:

Byblida non aliter latos ululasse per agros [1])

Fast. 2, 75:

. . . tollens ad sidera voltum

---

1) Vgl. Tib. 1, 5, 55: ululetque per urbes.

Met. 1, 86:

. . . ad sidera tollere vultus

Fast. 4, 315:

. . . . . , ter tollit in aethera palmas

Met. 13, 411:

. . tendebat ad aethera palmas [1])

Fast. 5, 311:

Longa referre mora est

Met. 13, 205:

Longa referre mora est

Met. 3, 225:

Quosque referre mora est

cf. Met. 1, 214. 5, 207, 5, 463 u. ö.

Her. 6, 21:

Credula res amor est

Met. 7, 820:

Credula res amor est

ex P. 2. 5, 57:

. . . et vertice sidera tangas

Met. 7, 61:

. . . et vertice sidera tangam [2])

Am. 1, 5, 1:

Aestus erat, mediamque dies

Met. 10, 126:

Aestus erat, mediusque dies

Fast. 1, 151:

Omnia tunc florent

Met. 15, 204:

Omnia tunc florent

1) Die Phrase kehrt schon bei Vergil öfters wieder. Vgl. Aen. 1, 93: tendens ad sidera palmas und 2, 688: caelo palmas cum voce tetendit.

2) Der Ausdruck ist auch aus Hor. carm. 1, 1, 36 bekannt.

ex P. 4, 14, 45:

. . . si iam pice nigrior essem

Met. 12, 402:

. . . totus pice nigrior atra

Her. 17, 7:

Ipsa vides caelum pice nigrius

Vgl. A. A. 2, 658.

Fast. 1, 415:

At ruber, hortorum decus

Fast. 6, 333:

At ruber hortorum custos

Fast. 2, 565:

. . . et corpora functa sepulchris

Met. 4, 435:

. . . simulacraque functa sepulchris

Met. 10, 14:

. . . simulacraque functa sepulchro [1])

Fast. 1, 359:

Verba fides sequitur

Met. 3, 527:

Dicta fides sequitur

Met. 8, 711:

Vota fides sequitur

Ibis 308:

. . . sanguine tinxit humum

Trist. 4, 2, 6:

. . sanguine tinguat humum

Ibis 490:

. . sanguine tinxit aquas

Von einfachen Versausgängen erwähne ich noch beispielshalber: turbine venti: Trist. 1, 2, 25. Met. 6, 310. murmura ponti: Trist. 1, 11, 7. Met. 11, 330. cum murmure

---

1) Die Phrase sollte in einem Wörterbuche, wie das von Klotz ist, nicht übergangen sein.

labens: Met. 2, 455. Met. 11, 603. perennis aquae: Fast. 2, 820. Fast. 3, 298 laniare capillos: Am. 1, 7, 11. Am. 2, 5, 45. Met. 9, 354. lassis succurrite rebus: Trist. 1, 5, 35. miseris succurrere rebus: Met. 15, 632. naribus efflant: Met. 2, 85. Met. 7, 104.

Ich verweise noch auf den häufig begegnenden Versanfang *est aliquid*[1]) und *pone metum* (Met 1, 736 3, 634. 5, 226. 14, 110. Trist. 3, 7, 29.).

Das Gesagte möge genügen über die Selbstwiederholungen Ovid's; es war schwer, bei der Auswahl aus dem reichen Materiale Mass zu halten. Die Gesichtspunkte, die mich dabei leiteten, waren, wie man bei näherer Prüfung wohl leicht ersehen wird, ausser den schon oben Seite 8 und 9 angegebenen noch folgende zwei: 1) hauptsächlich diejenigen Anklänge zu wählen, die wohl durch den ovidischen Versbau veranlasst wurden, um daran die vorzüglichsten Eigenthümlichkeiten des letzteren zu entwickeln, und 2) in allen übrigen Fällen gewöhnlich solche Stellen anzuführen, welche in den Wörterbüchern noch wenig belegt sind.

Ein Paar ähnlicher Wiederholungen, die aber zugleich auch auf Tibull oder Properz Bezug haben, werden, um sie nicht doppelt aufzuführen, an jener Stelle besprochen werden.

Wir haben nun unserem Dichter schon so Manches abgelauscht, haben manches geheime Mittel seiner Kunst an das Tageslicht gezogen; aber wir haben ihn bisher grösstentheils nur an und für sich betrachtet, ohne sein Verhältniss zu seinen Vorgängern und den gleichzeitigen Dichtern näher zu kennzeichnen. Zwar haben wir schon ein Paar Mal auf Reminiscenzen aus andern Schriftstellern hingedeutet und sie liessen sich nach dem, was wir über den Charakter Ovid's als Dichter sagten, wohl unschwer voraussetzen. Sind

---

1) Wir werden davon noch unten bei Properz zu sprechen haben und dort die bezüglichen Stellen aufzählen.

aber derartige Anklänge bei einem so productiven, wenig reflectirenden Dichter in jedem Falle schon an sich sehr natürlich, so werden sie es bei Ovid auch hier wieder noch um so mehr durch die äussern Umstände, da er in einer Zeit lebte, wo die durch seine Vorgänger und älteren Zeitgenossen ausgeprägte Dichtersprache schon vielgeübt und allgemein anerkannt vorlag, wo ferner ganz insbesondere die Elegie nach Form und Inhalt schon so ausgebildet war, dass ein weites Abgehen davon nicht mehr leicht möglich war. Aber demungeachtet werden wir auch jetzt wieder im Allgemeinen das wiederfinden, worauf wir schon oben bei der Besprechung des ovidianischen Versbanes aufmerksam machten, dass nämlich unser Dichter, wenn er auch viel und manchmal, wohl ohne es zu bemerken, zu viel auf fremdem Boden steht, immer mit einem gewissen Glücke gerade das vorzugsweise nachahmt, was seiner ganzen Manier am besten entspricht; wir könnten Ovid in dieser Beziehung nicht unpassend mit einem Paradoxon als originellen Nachahmer bezeichnen.

Aus dem Gesagten ergibt es sich von selbst, dass wir in diesem Theile auch manchmal über wiederholte Situationen und Motive zu handeln haben werden. Was nun die Anordnung des hier sich häufenden Stoffes betrifft, bemerke ich folgendes: Ich gebe, wie schon gesagt, vorerst nur das Verhältniss Ovid's zu den Lyrikern; dabei wähle ich als die einfachste und natürlichste Art der Besprechung die, von Catull zu Tibull und Properz nach der Zeitfolge überzugehen, jedoch so, dass ich da, wo Ovid an Mehrere von ihnen zugleich anklingt, gleich das ganze betreffende Material anreihe.

Catull ist jener Dichter, welcher der Lyrik Bahn brach, der zuerst die Schroffheit des alterthümlichen Ausdruckes besiegte, der uns gewissermassen als der Anfang der römischen Elegie gelten darf. Sein Charakter scheint wohl in mancher Beziehung unserem Ovid geähnelt zu haben; beide waren leichte Lebemänner, beide wussten als Dichter ihr glückliches Naturell nicht immer ganz zu beherrschen, sondern liessen ihm gar zu oft freien Lauf. Sehr interessant ist in dieser Beziehung auch das dichterische Glaubensbekenntniss Beider [1]:

Cat. 16, 3:

Qui me ex versiculis meis putastis,
Quod sunt molliculi, parum pudicum.
Nam castum esse decet pium poetam
Ipsum, versiculos nihil necesse est,
Qui tum denique habent salem ac leporem,
Si sunt molliculi ac parum pudici

Ov. Trist. 2, 353:

Crede mihi, distant mores a carmine nostro:
Vita verecunda est, Musa iocosa mea

357:

Nec liber indicium est animi, sed honesta voluptas,
Plurima mulcendis auribus apta ferens

Catull wird von Ovid öfters erwähnt: Am. 3, 9, 61. 3, 15, 7. Trist. 2, 427. Dass er auch auf Ovid's Dichtungen nicht ganz ohne Einfluss geblieben, sollen die folgenden Zeilen lehren.

Bei Catull c. 7 und c. 61, 202 finden wir die Unzählbarkeit bildlich verstärkt; bei Ovid kehrt diese Erscheinung sehr oft wieder und er hat sie so recht in seiner tändelnden Weise ausgebeutet. Wir wollen hier etwa nicht behaupten, dass Ovid diesen bei allen Völkern und bei so vielen Dichtern vorkommenden Gebrauch von Catull gelernt; einer Bemerkung werth bleibt es aber immerhin, dass die zwei von Catull gebrauchten Bilder, vom Sande und den Sternen, die allerdings die natürlichsten und in allen Sprachen sprichwörtlich geworden sind [2]), auch von unserm

1) Später bekanntlich auch von Martialis nachgeahmt.

2) Schon in der Bibel findet sich bekanntlich die Verbindung öfters; vgl. Gen. 22, 17: multiplicabo semen tuum sicut stellas caeli

Dichter, der doch sonst in dieser Beziehung mehr das Gesuchte liebt, nicht verschmäht werden, ja einmal in ganz gleicher Zusammenstellung begegnen und auffallend ist es zweitens, dass Tibull und Properz dieser Gebrauch fremd ist. Ich gebe hier zuerst zur Vergleichung die zwei Stellen Catull's mit den bezüglichen Ovid's und füge dann auch noch die übrigen, diese Verstärkung betreffenden, ovidischen Verse bei, da sie mir für die Beurtheilung unseres Dichters nicht ohne Werth erscheinen.

Cat. 7, 3:

Quam magnus numerus Libyssae arenae
Laserpiciferis iacet Cyrenis,
Aut quam sidera multa, cum tacet nox,
Furtivos hominum vident amores,
Tam te

61, 202:

Ille pulveris Africei
Siderumque micantium
Subducat numerum prius,
Qui vostri numerare volt
Multa milia ludei

Ov. Trist. 1, 5, 47:

Tot mala sum passus, quot in aethere sidera lucent,
Parvaque quot siccus corpora pulvis habet

Met. 11, 614:

Somnia vana iacent totidem, quot messis aristas,
Silva gerit frondes, eiectas litus arenas

Trist. 4, 1, 55:

. . . . quot litus arenas
Quotque fretum pisces, ovaque piscis habet.

---

et velut arenam, quae est in litore maris. cf. Hom. Il. 9, 385: οὐδ' εἴ μοι τόσα δοίη ὅσα ψάμαθός τε κόνις τε. Auch im Deutschen: Freidank 50, 4: Swer sant und ouch der sternen schîn wil zeln, der muoz unmüezec sîn. Zu den römischen Dichtern vgl. Verg. Georg. 2, 105.

Vere prius flores, aestu numerabis aristas,
Poma per autumnum, frigoribusque nives,
Quam

Trist. 5, 1, 31:

Quot frutices silvae, quot flavas Thybris arenas,
Mollia quot Martis gramina campus habet,
Tot

A. A. 1, 57:

Gargara quot segetes, quot habet Methymna racemos,
Aequore quot pisces, fronde teguntur aves,
Quot caelum stellas, tot

Her. 17, 107:

Non magis illius numerari gaudia noctis,
Hellespontiaci quam maris alga potest

A. A 2, 517:

Quot lepores in Atho, quot apes pascuntur in Hybla,
Caerula quot bacas Palladis arbor habet,
Littore quot conchae, tot

A. A. 3, 149:

Sed neque ramosa numerabis in ilice glandes,
Nec quot apes Hyble, nec quot in Alpe ferae,
Nec mihi tot

Ibis 197:

Nam neque quot flores Sicula nascantur in Hybla,
Quotve ferat, dicam, terra Cilissa crocos,
Nec cum tristis hiems aquilonis inhorruit alis,
Quam multa fiat grandine canus Athos:
Nec

Trist. 5, 2, 23:

Litora quot conchas, quot amoena rosaria flores,
Quotve soporiferum grana papaver habet,
Silva feras quot alit, quot piscibus unda natatur,
Quot tenerum pennis aëra pulsat avis,
Tot

Trist. 5, 6, 37:

Quam multa madidae celebrantur arundine fossae,
    Florida quam multas Hybla tuetur apes,
Quam multae gracili terrena sub horrea ferre
    Limite formicae grana reperta solent,
Tam

ex P. 2, 7, 25:

Cinyphiae segetis citius numerabis aristas,
    Altaque quam multis floreat Hybla thymis:
Et quot aves motis nitantur in aëre pennis,
    Quotque natent pisces aequore, certus eris,
Quam

ex P. 4, 15, 7:

Quae numero tot sunt, quot in horto fertilis arvi
    Punica sub lento cortice grana rubent,
Africa quot segetes, quot Tmolia terra racemos,
    Quot Sicyon bacas, quot parit Hybla favos. [1])

Für eine andere poetische Eigenthümlichkeit, die wieder häufig bei Ovid, aber zugleich auch manchmal bei Tibull und Properz begegnet, kommen ebenfalls schon bei Catull Paralellstellen vor, die vielleicht nicht ganz ohne Einfluss auf jene Dichter geblieben sind: ich meine das Bild vom Davontragen des Windes und der Welle zur Bezeichnung alles Unbeständigen, Ungültigen, Vergeblichen, und ganz besonders zum Ausdrucke nicht gehaltener Versprechungen. [2]) Die betreffenden Stellen, die man selbst unter sich vergleichen möge, sind folgende:

1) Man vergleiche mit dieser zweiten Abtheilung Verg. Aen. 7, 718.

2) Vgl. hier auch: Lucr. 4, 932: in fac, ne venteis verba profundam. Hor. Od. 1, 26, 1: metus tradam protervis in mare Creticum portare ventis. Dss. Mitsch. Die Erscheinung ist übrigens auch schon aus Homer bekannt und für uns ist, wie schon angedeutet, hauptsächlich nur die Fortentwicklung der Form bei den römischen Dichtern von Interesse Die Stelle Verg. Aen. 10, 652 gehört, streng genommen, nicht hieher. Vgl. Ladewig z. St. Wohl aber kann man noch Cat. 65, 17 vergleichen.

Cat. 64, 142:

Quae cuncta aerii discerpunt irrita venti

Ov. Trist. 1, 8, 35:

Cunctane in aequoreos abierunt irrita ventos

Cat. 30, 9:

. . . . ac tua dicta omnia factaque
Ventos irrita ferre ac nebulas aerias sinis

Ov. A. A. 1, 638:

Juppiter ex alto periuria ridet amantum,
Et iubet Aeolios irrita ferre notos

Tib. 3, 4, 95:

Haec deus in melius crudelia somnia vertat
Et iubeat tepidos irrita ferre notos

Tib. 3, 6, 49:

. . . periuria ridet amantum
Juppiter et ventos irrita ferre iubet

Tib. 1, 4, 21:

. . . Veneris periuria venti
Irrita per terras et freta summa ferunt

Ov. Am. 2, 8, 19:

Tu, dea, tu iubeas animi periuria puri
Carpathium tepidos per mare ferre notos

Ov. Am. 1, 4, 11:

. . . . . . nec euris
Da mea, nec tepidis verba ferenda notis

Tib. 1, 5, 35:

. . . , quae nunc Eurusque Notusque
Jactat odoratos vota per Armenios

Ov. Am. 2, 16, 45:

Verba puellarum, foliis leviora caducis,
Irrita qua visum est, ventus et unda ferunt

Prop. 3, 24, 8:

Quicquid iurarunt, ventus et unda rapit

Cat. 70, 3:

. sed mulier cupido quod dicit amanti
In vento et rapida scribere oportet aqua

Tib. 1, 1, 7:

. . . . . et quicquid triste timemus,
In pelagus rapidis evehat amnis aquis

Ov. Am. 2, 8, 43:

Quid referam timidae pro te pia vota puellae,
Vota procelloso per mare rapta noto?

Tib. 3, 6, 27:

. . . . . venti temeraria vota,
Aeriae et nubes diripienda ferant

Ov. A. A. 1, 388:

Nec mea dicta rapax per mare ventus agit

Ov. Am. 2, 11, 33:

At si vana ferunt volucres mea dicta procellae

Ov. Her. 13, 92:

Fac meus in ventos hic timor omnis eat

Ov. Her. 7, 8:

Atque idem venti vela fidemque ferent?

Ov. Her. 2, 25:

Demophoon, ventis et verba et vela dedisti

Ov. R. A. 286:

Irrita cum velis verba tulere noti

Ov. Met. 8, 134:

. . . . . an inania venti
Verba ferunt, idemque tuas, ingrate, carinas?

Vgl. Ov. Am. 1, 6, 42.

Die Anordnung der hier gegebenen Stellen wurde wirklich ein wenig schwierig, da manche mehrere Anhaltspunkte zu wechselseitigen Vergleichen enthalten; doch wird man wohl auch so die Selbstwiederholungen Ovid's und die, oft gewiss mehr als zufälligen, Aehnlichkeiten mit den andern Dichtern leicht herausfinden.

Für den Ausdruck des Gegentheils, des Beständigen, Dauerhaften, sind zwei Belege aus Tibull und Ovid interessant, die ich an dieser Stelle einschalte:

Tib. 1, 4, 65:

. . . . . dum robora tellus,
Dum caelum stellas, dum vehet amnis aquas

Ov. Ibis 135:

Robora dum montes . . . .
  Dum Tiberis liquidas Tuscus habebit aquas

Da wir nun schon einmal über ähnliche Gebräuche sprechen, die freilich in der Poesie mehr oder weniger allgemein sind, [1]) deren Betrachtung bei den einzelnen Dichtern aber doch nicht ohne Interesse ist, da sie manchmal von den älteren, wenigstens der Form nach, den jüngeren vermittelt wurden, gestatte man mir hier auch einige Bemerkungen über die bildliche Verstärkung der Begriffe „Grausamkeit“ und „Härte“ bei unsern Dichtern. Die Erscheinung lässt sich auch wieder schon von Catull aus verfolgen:

Cat. 60, 1:

Num te leaena montibus Libystinis
Aut Scylla latrans infima inguinum parte
Tam mente dura procreavit ac tetra,
Ut

Cat. 64, 154:

Quaenam te genuit sola sub rupe leaena,
Quod mare conceptum spumantibus expuit undis,
Quae Syrtis, quae Scylla rapax, quae vasta Charybdis,
Talia qui reddis

Theils in der Form, theils in der Anschauung ganz ähnlich sind die ovidischen Stellen:

Met. 8, 120:

Non genitrix Europa tibi est, sed inhospita Syrtis,
Armeniae tigres austroque agitata Charybdis

---

1) Vgl. für den folgenden Gebrauch Hom. Il. 16, 33: . οὐκ ἄρα σοί γε πατὴρ ἦν ἱππότα Πηλεύς . . οὐδὲ Θέτις μήτηρ· γλαυκὴ δέ σε τίκτε θάλασσα — πέτραι δ' ἠλίβατοι . . Theocr. Id. 10, 7. — Verg. Aen. 4, 365: Nec tibi diva parens, generis nec Dardanus auctor, — Perfide; sed duris genuit te cautibus horrens — Caucasus Hyrcanaeque admorunt ubera tigres.

Her. 7, 37:

Te lapis et montes innataque rupibus altis
  Robora, te saevae progenuere ferae,
Aut mare, quale vides agitari nunc quoque ventis

Met. 9, 613:

. . . Neque enim de tigride natus:
Nec rigidas silices, solidumve in pectore ferrum,
Aut adamanta gerit, nec lac bibit ille leaenae

Met. 7, 32:

. . . . tum me de tigride natam,
Tum ferrum et scopulos gestare in corde fatebor

Vgl. zum Theil Ov. Her. 10, 131.

Alles Derartige vereinigt ist in der langen Stelle bei Tib. 1, 4, 85:

Nam te nec vasti genuerunt aequora ponti
  Nec flammam volvens ore Chimaera fero
Nec canis anguinea redimitus terga caterva,
  . . . .
Scyllaque virgineam canibus succincta figuram,
  Nec te conceptam saeva leaena tulit,
Barbara nec Scythiae tellus horrendave Syrtis,
  Sed

Eine andere Art dieser Verstärkung, die in den oben angegebenen Versen Ovid's schon ein Paarmal beigemengt war, ist die Vergleichung mit Kiesel und Eisen. Sie kommt bei Catull nicht vor, begegnet aber bei den übrigen Dichtern entschieden häufiger. Da sie die einfachere ist und auch nicht so sehr an griechische Vorbilder mahnt, wurde sie auch von Tibull angewendet[1]):

1) Mit dieser Erscheinung verwandt ist auch der, besonders bei Tibull und Ovid, öfter vorkommende Gebrauch von *ferreus* in der Bedeutung „grausam, hartherzig“. Vgl. Tib. 1, 2. 65. 1. 10, 2. 2, 3, 2. 3, 2, 2. Ov. Am. 1, 6. 27. 1, 7, 50. 1, 14, 28. 2, 5, 11. 2, 19, 4. Her. 1, 58. 3, 138. 4, 14. 16, 136 u. o.

Tib. 1, 1, 63:

Flebis: non tua sunt duro praecordia ferro
Vincta, nec in tenero stat tibi corde silex

Vgl. Ov. Trist. 1, 8, 41:

Et tua sunt silicis circum praecordia venae,
Et rigidum ferri semina pectus habet

Ov. ex P. 4, 12, 31:

Quae nisi te moveant, duro tibi pectora ferro
Esse, vel invicto clausa adamante putem

Ov. Am. 1, 11, 9:

Nec silicum venae, nec durum in pectore ferrum

Ov. Am. 3, 6, 59:

Ille habet et silices et vivum in pectore ferrum

Ov. Trist. 3, 11, 3:

Natus es e scopulis, nutritus lacte ferino,
Et dicam silices pectus habere tuum

Prop. 1, 16, 29:

Sit licet et saxo patientior illa Sicano,
Sit licet et ferro durior et chalybe

Ov. Met. 14, 712:

Durior et ferro, quod Noricus excoquit ignis,
Et saxo, quod adhuc viva radice tenetur

Ov. Her. 2, 137:

Duritia ferrum ut superes, adamantaque . .

Vgl. ausserdem: Ov. Her. 10, 1. 10, 107. ex P. 4. 10, 3. Prop. 1, 9, 31.

Von diesen Wendungen gehen wir zur Besprechung einiger Motive über. Dass manche poetische Intentionen in der römischen Elegie eine gewisse Tradition hatten, hat schon Gruppe bemerkt; [1]) doch gibt es auch hier Abstufungen; einige kehren bei allen, hieher gehörigen Dichtern ohne Ausnahme wieder, andere sind dem einen oder anderen fremd geblieben. Bei dem fast gänzlichen Mangel der griechischen Vorbilder ist es hier um so interessanter, wenn

1) S. 353.

man Spuren solcher Motive schon bei einem voraugusteischen Lyriker, wie bei Catull, findet.

Bei Ovid Am. 2, 6 begegnet eine Elegie, für die wir in Tibull und Properz vergebens eine Analogie suchen. Ueberraschend ist es nun gewiss, wenn uns Catull eine solche bietet in dem bekannten Gedichtlein, worin er den Lieblingssperling seines Mädchens betrauert (c. 3). Wir können Ovid's Verse auf den Tod des Papagei's der Geliebten wohl ohne Bedenken eine freie Nachahmung Catull's nennen. Hier wie dort zuerst die Aufforderung zur Trauer, bei Catull mehr allgemein, von Ovid an die Vögel gerichtet; dann folgt in beiden Gedichten das Lob der Vortrefflichkeit des Vogels, dem dann der Gedanke an die schnelle Vergänglichkeit gerade des Besten natürlich sich anschliesst:

Cat. 3, 13:

At vobis male sit malae tenebrae
Orci, quae omnia bella devoratis

Ov. Am. 2, 6, 39:

Optima prima fere manibus rapiuntur avaris

Diese wehmüthige Erinnerung an die Hinfälligkeit alles Irdischen, die im vorliegenden Falle den Kerngedanken des Ganzen bildet, ist bekanntlich eine in der antiken Poesie im Allgemeinen und in der Elegie insbesondere oft wiederkehrende Intention; bald äussert sie sich als Gedanke an den Tod, bald als Hinweisung auf das trostlose Alter. In der Regel steht sie mit der Aufforderung zum Lebensgenusse in enger Verbindung. Verfolgen wir die Erscheinung bei unsern Dichtern, so begegnet sie uns auch schon bei Catull: Lesbia wird durch den Gedanken an den unvermeidlichen Tod zu rücksichtslosem Liebesgenusse aufgefordert.

5, 1:

Vivamus, mea Lesbia, atque amemus,

5:

Nobis, cum semel occidit brevis lux,
Nox est perpetua una dormienda

Aehnliches auch bei Tibull und Properz:

Tib. 1, 1, 69:

Interea, dum fata sinunt, iungamus amores:
Jam veniet tenebris Mors adoperta caput

Prop. 3, 7, 23:

Dum nos fata sinunt, oculos satiemus amore:
Nox tibi longa venit nec reditura dies

Sehr bekannt ist die Sache aus Horaz und ich werde hier, obwohl ich jenen Dichter eigentlich nicht in den Kreis dieser Betrachtung gezogen, doch ein Paar seiner Verse citiren, die mir zur Vervollständigung des ganzen Bildes nöthig scheinen. Vorerst die Stelle

Od. 1, 28, 15:

. . Sed omnes una manet nox,
Et calcanda semel via leti

die mit der angegebenen Stelle Catull's und folgender von Properz zu vergleichen ist:

Prop. 4, 17, 22:

Est mala, sed cunctis ista terenda via est

Was Ovid anbelangt, so erinnere ich an die Worte des Orpheus in der Unterwelt, die, obwohl in einem anderen Zusammenhange, nach Form und Inhalt hieher gehören:

Met. 10, 32:

Omnia debemur vobis, paulumque morati
Serius aut citius sedem properamus ad unam.
Tendimus huc omnes

Man kann damit zusammenstellen:

Prop. 3, 28, 12:

Longius aut propius mors sua quemque manet

Hor. Od. 2, 3, 25:

Omnes eodem cogimur, omnium
Versatur urna serius ocius

In Ovid ist sonst, in dem anfangs angegebenen Zusammenhange, die mildere Wendung vom raschen Herannahen des Alters vorherrschend; das Nämliche gilt von

Tibull.[1]) Und hier finden wir wieder ganz interessante Anklänge:

Tib. 1, 8, 47:

At tu, dum primi floret tibi temporis aetas,
Utere; non tardo labitur illa pede

Ov. Fast. 5, 353:

Et monet aetatis specie, dum floreat, uti

Ov. A. A. 3, 65:

Utendum est aetate. cito pede labitur aetas

Ov. Am. 1, 8, 49:

Labitur occulte, fallitque volubilis aetas

Tib. 3, 5, 15:

Nec venit tardo curva senecta pede

Ov. A. A. 2, 670:

Jam veniet tacito curva senecta pede

Tib. 1, 1, 71:

Jam subrepet iners aetas

Ov. Trist. 4, 8, 3:

Jam subeunt anni fragiles et inertior aetas

Tib. 1, 8, 42:

Cum vetus infecit cana senecta caput

Tib. 3, 2, 19:

. . . . dum tarda senectus
Inducat rugas inficiatque comas

Ov. Trist. 4, 8, 2:

Inficit et nigras alba senecta comas

Prop. 4, 4, 24:

Sparserit et nigras alba senecta comas

Tib. 1, 4, 35:

. . serpens novus exuit annos:
Formae non ullam fata dedere moram

---

1) Als Eigenthümlichkeit des Properz ist dagegen im Allgemeinen zu bemerken, dass er fast immer dem Todesgedanken im strengsten Sinne und mit einer Art von Liebhaberei nachhängt. Vgl. z. B. noch 1, 19. 2, 1, 71 ff. 3, 5. 3, 7, 53. 4. 1, 35. 4, 21, 33. Für unsere Betrachtung ist von diesen Stellen 1, 19, 25 zu beachten. Bezüglich 3, 5, wo das Verhalten der Geliebten beim Tode des Dichters berührt wird, ist auf Tibull's Vorgang 1, 1, 61 ff. zu verweisen.

Ov. A. A. 3, 77:

Anguibus exuitur tenui cum pelle vetustas

. . . .

Nostra sine auxilio fugiunt bona

Cf. Ov. Met. 9, 266:

Utque novus serpens posita cum pelle senecta

Ewige Jugend ziert nur Bacchus und Phöbus:

Tib. 1, 4, 37:

Solis aeterna est Phoebo Bacchoque iuventa

Ov. Met. 4, 17:

. . . Tibi enim inconsumpta iuventa est,

Tu puer aeternus.

Bei Tibull, Properz und Ovid wird das verlassene, trostlose Alter der treulosen oder spröden Geliebten als Strafe in Aussicht gestellt. Tib. 1, 6, 77 Prop. 4, 25, 11 ff. Ov. A. A. 3, 69. Properz hat hier den Vers:

13:

Vellere tum cupias albos a stirpe capillos

der an den Tibullischen anklingt:

1, 8, 45:

Tollere tum cura est albos a stirpe capillos

Tibull fügt an jener Stelle auch noch den Gedanken bei, dass dem alten, untreuen Mädchen Jedermann das selbstverschuldete Unglück gönnt:

1, 6, 82:

Commemorant merito tot mala ferre senem

Das gleiche Motiv wird von Ovid bei einer andern Gelegenheit benutzt:

Am. 2, 14, 40:

Et clamant ‚merito' qui modo cumque vident

Die Hinweisung auf die verlassene Stellung der Untreuen finden wir übrigens auch schon bei Catull, im achten Gedichtchen, das sonst mit dem Anfang der Elegie Ovid's Am. 3, 11 eng verwandt ist. Hier wie dort ermahnt sich der Dichter zur Ausdauer im Entschlusse, nicht mehr länger der Spielball der Geliebten zu sein:

Cat. 8, 11:

Sed obstinata mente perfer, obdura

Ov. Am. 3, 11, 7:

Perferre obdura![1])

In dieser Beziehung könnte man für den Gedanken zum Theil auch Prop. 2, 5 vergleichen.

Endlich erwähne ich in diesem Abschnitte noch das 35. Lied Catull's, in dem sich die Wendung von der durch die Geliebte veranlassten Gefangenschaft, die dann oft in der Elegie begegnet, bereits findet. „Der Freund soll kommen, wenn ihn auch das Mädchen zurückhält"!

35, 8:

Quamvis candida milies puella
Euntem revocet manusque collo
Ambas iniiciens roget morari

Aehnlicher Gedanke und Ausdruck in

Ov. Am. 2, 18, 9:

Implicuitque suos circum mea colla lacertos

Ich schliesse daran nur noch zwei verwandte Verse von Tibull und Properz.

Prop. 1, 6, 5:

Sed me complexae remorantur verba puellae

Tib. 1, 1, 55:

Me retinent vinctum formosae vincla puellae

Wir gehen nun zu jenen Bemerkungen über, die ohne Berücksichtigung der Elegie und der übrigen Dichter, ganz ausschliesslich auf Catull und Ovid Bezug haben. Beachtenswerth ist hier vor Allem das 64. Gedicht Catull's, jene Mischung von epischer und lyrischer Poesie, der das breite Episodium von Ariadne auf Naxos eingefügt ist. Die Mannigfaltigkeit des Inhaltes, so wie ganz besonders der Umstand, dass die Geschichte der Ariadne auch von Ovid mehrmals mit Vorliebe behandelt wurde, lassen uns schon

1) So die gewöhnliche Leseart; ob aber nicht auch hier Perfer et obdura zu lesen? Vgl. Trist. 5, 11, 7.

von vorneherein manche Anklänge vermuthen. Und solche scheinen denn auch in Ovid's Gedichten sich vorzufinden. Von Peleus sagt Catull:

26: . . . cui Juppiter ipse,
Ipse suos divum genitor concessit amores

Ovid:

Met. 11, 226:
Juppiter . . . .
In suaque Aeaciden succedere vota nepotem
Jussit

Das Bild der Ariadne, wie es uns von Catull gezeichnet ist, entspricht im Ganzen und Grossen den Versen Ovid's Her. 10. Die Heroide, eben erst vom Schlafe erwacht (Cat. 56: tum primum excita somno. Ov. 13: excussere metus somnum), sitzt auf dem meerumspülten Felsen (Cat. 52: fluentisono litore. Ov. 136: scopulo, quem vaga pulsat aqua) und ist kaum ihrer Sinne mächtig (Cat. 55: Necdum etiam sese quae visit visere credit. Ov. 31: Aut vidi, aut tamquam quae me vidisse putarem); sie gleicht einer Bacchantin; (Cat. 60: Quem procul . . . . . Saxea ut effigies bacchantis, prospicit. Ov. 48: Qualis ab Ogygio concita Baccha deo: Aut mare prospiciens in saxo frigida sedi). Mit Schrecken sieht sie sich dem wilden Gethier als Beute überlassen (Cat. 152: Pro quo dilaceranda feris dabor alitibusque Praeda. Ov. 96: Destituor rapidis praeda cibusque feris). Also nicht einmal eines Begräbnisses soll sie theilhaft werden! (Cat. 153. Ov. 123.) Wäre doch der treulose Gast nie nach Creta gekommen! (Cat. 171. Ov. 99.) Wohin soll ich mich jetzt wenden? (Cat. 177: Nam quo me referam? Ov. 59: Quid faciam? quo sola ferar?) Ueberall nur die einsame Insel und das weite Meer! (Cat. 184: Praeterea nullo litus, sola insula, tecto, Nec patet egressus pelagi cingentibus undis. Ov. 59: vacat insula cultu. Omne latus terrae cingit mare.) Nicht einmal die Rückkehr zum verrathenen Vater ist mehr offen. (Cat. 180. Ov. 64.)

Man sieht schon aus dem Wenigen, wie Gedanke um Gedanke in beiden Dichtungen sich verfolgen lässt. Manche Aehnlichkeiten finden sich auch in andern Werken Ovid's.

Cat. 57:

Desertam in sola miseram se cernat arena

Ov. Fast. 3, 479:

Quid me desertis perituram, Liber, harenis
Servabas?

Cat. 143:

Tum iam nulla viro iuranti femina credat

Ov. Fast. 3, 475:

Nunc quoque ‚nulla viro' clamabo ‚femina credat'

Der schöne Contrast zwischen der verzweifelnden Ariadne und dem nun plötzlich erscheinenden, jubelnden Bacchuszuge (Cat. 251 ff.) findet sich bei Ovid wieder: A. A. 1, 541 ff.

Ferners vergleiche man noch die Beschreibung der in Theseus sich verliebenden Ariadne bei Catull mit der bekannten Schilderung Medea's bei Ovid Met. 7. Wenn wir hier, abgesehen von der allgemeinen Aehnlichkeit, Stellen vergleichen, wie:

Cat. 91:

Non prius ex illo flagrantia declinavit
Lumina, quam cuncto concepit corpore flammam

Ov. Met. 7, 87:

Lumina fixa tenet . . . .
. . . nec se declinat ab illo

17:

Excute virgineo conceptas pectore flammas

so gehen wir wohl nicht zu weit, wenn wir annehmen, dass Catull's Vorbild auch hier nicht ganz ohne Einfluss auf unseren Dichter geblieben sei.

Auch Met. 8, 108 ff. kann man noch erwähnen, wo die von Minos verlassene Scylla überraschend ähnlich klagt, wie oben Ariadne bei Catull und Ov. Her. 10 (Nam quo deserta revertar? In patriam? etc.). Der Schluss des catullischen Gedichtes endlich, der die Gründe angibt, warum die Götter nicht mehr den Menschen sich zeigen, erinnert stark an die Beschreibung des eisernen Zeitalters bei Ovid Met. 1, 127 ff. Ein Vers ähnelt auch einem Verse der Fasti:

Cat. 64, 398:

Justitiamque omnes cupida de mente fugarunt

Ov. Fast. 1, 249:

Nondum Justitiam facinus mortale fugarat

Ein anderes Gedicht Catull's, für das sich, wenn auch nicht so viele, doch einige Analogieen in Ovid finden lassen, ist c. 63. Ovid behandelt den nämlichen Stoff, die Geschichte des Attis, Fast. 4, 223 ff.

Man vgl. beispielshalber

Cat. 63, 5:

Devolvit ile acuto sibi pondere silicis

Ov. Fast. 4, 237:

Ille etiam saxo corpus laniavit acuto

Cat. 63, 10:

Quatiensque terga tauri teneris cava digitis

Ov. Fast. 4, 342:

Et feriunt molles taurea terga manus

Vielleicht hat auch die Beschreibung des ausgelassenen Cybeledienstes, die an dieser Stelle bei Catull sich findet (v. 21 ff.), manchmal auf ähnliche Schilderungen bei Ovid eingewirkt.

Zum Schlusse gebe ich noch einige Einzelheiten.

Die homerische Stelle Il. 1, 528 vom Hauptschütteln des Zeus, das Erde und Himmel bewegt, wurde von Catull und Ovid nachgeahmt und höchst wahrscheinlich hat letzterem die catullische Nachahmung vorgeschwebt. Cat. 64, 204. Ov. Met. 1, 179.

Eine ganz offenbare Nachahmung Catull's aber finden wir bei Ovid in der zierlichen Wiederholung

Met. 3, 353:

Multi illum iuvenes, multae cupiere puellae

355:

Nulli illum iuvenes, nullae tetigere puellae

Cat. 62, 42:

Multi illum pueri, multae optavere puellae

44:

Nulli illum pueri, nullae optavere puellae

Sehr ähnlich klingen auch die Verse oder Versausgänge:

Cat. 66, 23:

Cum penitus maestas exedit cura medullas

Ov. Am. 2, 19, 43:

Mordeat ista tuas aliquando cura medullas

Cat. 64, 314:

Libratum tereti versabat turbine fusum

Ov. Met. 6, 22:

Sive levi teretem versabat pollice fusum

Vgl. Tib. 2, 1, 64:

Fusus et apposito pollice versat opus

Cat. 68b 56:

. tristique imbre madere genae

Ov. A. A. 3, 378:

Et lacrimis vidi saepe madere genas

Cat. 64, 93:

. . imis exarsit tota medullis

Ov. Trist. 1, 5, 9:

. . . . imis infixa medullis

Cat. 64, 50:

Haec vestis priscis hominum variata figuris

Ov. Met. 11, 241:

Quod nisi venisses, variatis saepe figuris

Cat. 65b, 8:

Huic manat tristi conscius ore rubor

Ov. Trist. 4, 3, 70:

Purpureus molli fiat in ore rubor

Den alten, allgemein bekannten Farbenvergleich: „weiss wie Schnee“, der im Lateinischen gewöhnlich durch das einfache Adjectiv *niveus* ausgedrückt wird, treffen wir bei Catull und Ovid verstärkt durch: *nive candidior*. Cat. 80, 2. Ov. Met. 8, 373. ex P. 2, 5, 38. — Die bei Ovid so beliebten Farbencontraste kommen in auffallend ähnlicher Weise auch schon bei Catull vor. Z. B.

Cat. 64, 307:

. . . . . vestis
Candida purpurea talos incinxerat ora

Ov. Met. 10, 595:

. . . . . super atria velum
Candida purpureum simulatas inficit umbras

Von weniger bedeutenden, anklingenden Wortverbindungen, wie *foedus amicitiae* (Cat. 109, 6. Ov. Trist. 3, 6, 1), *regia virgo* (Cat. 64, 86. Ov. Met. 7, 21), *redimita capillo* oder *capillos* (Cat. 64, 193. Ov. Am. 3, 10, 3 u. 5.) will ich gar nicht sprechen.

Wir schreiten nun zum Verhältniss Ovid's zu Tibull vor. Tibull bildet bekanntlich den eigentlichen Mittelpunkt der römischen Elegie, er ist der Vervollkommner derselben und eine Einwirkung von seiner Seite auf den Nachfolger ist, abgesehen von allem Anderen, schon in dieser Beziehung vorauszusetzen. Die Stellung beider Dichter zu einander hat bereits Gruppe im Allgemeinen sehr treffend mit folgenden Worten bezeichnet[1]: „Tibull und Ovid sind die Hauptstadien der Elegie. Fragen wir nach der Kraft und Fülle poetischer Erfindung, so steht Tibull freilich ohne Nebenbuhler da, Ovid zehrt grossentheils nur von Tibull's Reichthum und gibt seinen Intentionen mehr Ausführung, mehr Detail und einen noch behenderen Fluss und Ton.“ Wir haben dieser Bemerkung zur Vervollständigung nur noch hinzuzufügen, dass die Abhängigkeit unseres Dichters von Tibull nicht nur in der Entlehnung von Motiven be-

1) S. 368.

steht, sondern dass er auch gar nicht selten ohne Bedenken für seine Phraseologie aus jener Quelle schöpft. Ovid, so scheint es uns, will aus dieser Abhängigkeit auch gar kein Hehl machen: sie konnte ihm ja zu keiner Schande gereichen, um so weniger, da er das Entlehnte doch fast immer gewissermassen zu seinem Eigenthume zu machen wusste. Es ist diess zugleich ein ehrendes Zeugniss für den offenen Charakter Ovid's, dass er bei jeder Gelegenheit und mit sichtlicher Vorliebe von seinem Vorgänger spricht, während der stolze Properz nie mit einer Silbe Tibull's gedenkt, den doch auch er manchmal so sichtlich nachahmt. Es sind nicht weniger als sieben Stellen, an denen der Name Tibull in ovidischen Dichtungen begegnet Am. 1, 15, 27. Am. 3, 9. A. A. 3, 334. 536. R. A. 763. Trist. 2, 447 ff. Trist. 4, 10, 51.

Noch interessanter als diese Zahl — wird ja auch Properz, wenn wir nicht irren, fünfmal erwähnt — ist der Umstand, dass zwei jener Stellen sich eingehender mit Tibull beschäftigen und Verse jenes Dichters einflechten oder auf solche anspielen. Am. 3, 9 enthält die bekannte, zarte Elegie auf den Tod Tibull's. Die entsprechenden Verse sind hier:

Ov. Am. 3, 9, 33:

Quid vos sacra iuvant? quid nunc Aegyptia prosunt
Sistra? quid in vacuo secubuisse toro?

Tib. 1, 3, 23:

Quid tua nunc Isis mihi, Delia, quid mihi prosunt
Illa tua totiens aera repulsa manu
Quidve . . . .
Te (memini) et puro secubuisse toro?

Ov. 47:

Sed tamen hoc melius, quam si Phaeacia tellus
Ignotum vili supposuisset humo

Tib. 1, 3, 3:

Me tenet ignotis aegrum Phaeacia terris

Ov. 58:

Me tenuit moriens deficiente manu

Tib. 1, 1, 60:

Te teneam moriens deficiente manu

Ov. 60:

. in Elysia valle Tibullus erit

Tib. 1, 3, 57:

Sed me . . . .

Ipsa Venus campos ducet in Elysios

Die zweite dieser ausführlichen Stellen ist Trist. 2, 447 ff., wo der Dichter beim Beweise, dass auch Andere Aehnliches geschrieben, wie er in der *Ars amandi*, so lange bei Tibull sich aufhält, dass man schon daraus ersehen könnte, wie grossen Werth er auf dessen Gedichte legte. Freilich mögen hier auch noch andere, nahe liegende Gründe mit im Spiele gewesen sein. Bei dieser Gelegenheit handelte es sich natürlich um ziemlich genaue Citate und so finden wir denn einen guten Theil der sechsten Elegie des ersten Buches von Tibull mehr oder weniger wörtlich angeführt. (Ov. Trist. 2, 447. 448 = Tib. 1, 6, 7. 8. — Ov. 450 = Tib. 10. — Ov. 451. 452 = Tib. 25. 26. — Ov. 453. 454 = Tib. 19. 20. — Ov. 455 456 = Tib. 13. 14. — Ov. 457. 458 = Tib. 15. 16. — Ov. 459. 460 = Tib. 1, 6, 31. 1, 5, 74.) Mehr oder weniger wörtlich — denn öfters erlaubt sich der Dichter dennoch auch hier je nach dem Bedürfnisse oder nach seinem Geschmacke einen Ausdruck zu ändern. Diese ganze Erscheinung nun und auch die Art des Citirens ist wieder von höchstem Interesse für die richtige Würdigung und Erklärung der Reminiscenzen, die sich aus andern Dichtern in Ovid's Werke eingeschlichen.

Wie Ovid hier bewusst und zu jenen bestimmten Zwecken tibullische Verse mit seinen eigenen verflochten hat, so kann es der spielende Dichter wohl auch noch öfter zu anderen Zwecken absichtlich gethan haben, wo es uns jetzt bei der ersten Lektüre nicht mehr so ins Auge fällt; wer weiss, ob er durch solche Anklänge nicht manchmal seine Gelehrsamkeit zeigen oder seinen Lesern eine kleine Ueberraschung bereiten wollte? Dann aber lag natürlich auch die Gefahr sehr nahe, oft auch unbewusst in solche Reminiscenzen zu verfallen.

Wir werden nun natürlich auch bei Tibull von der Betrachtung der Motive ausgehen. Bevor wir aber die einzelnen, hieher gehörigen Aehnlichkeiten anführen, müssen wir eine allgemeine Bemerkung voraussenden, die zum Verständniss der hier begegnenden Erscheinungen nothwendig ist. Es ist nämlich allgemein bekannt, wie wesentlich es der Kunstart Tibull's ist, von dem geraden Faden der Erzählung und der Empfindung abzuweichen und in reichem Wechsel von einem Gegensatz zum andern zu eilen, so dass seine Gedichte fast nie ein gewisses Schema befolgen, sondern jede Elegie eine Reihe von kleinen Gruppen und Bildern in vieler Mannigfaltigkeit darbietet. Daraus ergibt sich nun von selbst, dass einerseits Ovid aus diesem vollen Schatze von Wendungen und kleinen Gemälden sehr oft geborgt haben wird, dass aber andrerseits solche Aehnlichkeiten in allen Einzelheiten des Gedankenganges und der Composition, wie wir sie oben zwischen Catull und Ovid gefunden haben und wie wir sie bei Properz wiederfinden werden, hier bei Tibull zu den Seltenheiten gehören.

Häufig aber sind die Fälle, dass ein Bildchen, welches bei Tibull einige Disticha einnimmt, auch von Ovid in ähnlicher Weise verwendet oder aber gar zu einer ganzen Elegie erweitert wird. Ich gebe für alle drei Fälle einige Beispiele. Zu den wenigen Gedichten, die sich im Allgemeinen so ziemlich entsprechen, können wir Tib. 4, 4 und Ov. Am. 2, 13 rechnen. Die Krankheit der Geliebten ist auch eines jener stehenden Motive, die so oft in der Elegie begegnen. Es findet sich bei Tibull beigemischt auch in der fünften Elegie des ersten Buches [1]) und bei Properz treffen wir es ebenfalls wieder 3, 24. Ovid hat die Krankheit in seiner Weise als Geburtsnöthen specialisirt, aber trotzdem bietet die ganze Anlage noch Analogieen genug: die Anrufung der Gottheit (Tib 1: Huc ades. Ov. 21: Lenis ades.). Das schöne Mädchen ist der Hilfe würdig (Tib. 3. Ov. 22.). Es werden so in einem Leben zwei gerettet:

Tib. 4, 4, 21:

> Phoebe, fave: laus magna tibi tribuetur in uno
> Corpore servato restituisse duos

Ov. Am. 2, 13, 15:

> Huc adhibe vultus, et in una parce duobus:
> Nam vitam dominae tu dabis, illa mihi

Prop. 3, 25, 7:

> Si non unius, quaeso, miserere duorum,
> Vivam, si vivet: si cadet illa, cadam [2])

Dann folgen die Versprechungen an die Gottheit (Tib. 24. Ov. 23. Prop. 3, 25, 9.) Wir sehen, dass auch Properz manchen ähnlichen Gedanken bietet, nur geben dort die vielen mythologischen Anspielungen dem Ganzen eine etwas andere Färbung.

Aehnlich im Ganzen und Grossen ist die Benützung desselben Stoffes zur Bildung einer vollständigen Elegie

---

1) Mit dieser tibullischen Stelle ist Ov. A. A. 2, 320 ff. zu vergleichen, besonders die Verse:

Tib. 1, 5, 11:

> Ipseque te circum lustravi sulfure puro,
> Carmine cum magico praecinuisset anus

Ov. A. A. 2, 329:

> Et veniat, quae lustret anus lectumque locumque
> Praeferat et tremula sulpur et ova manu

2) Aehnliche Zahlencontraste sind auch sonst öfters von Ovid gesucht. Ich notire als auffallende, hieher bezügliche Verse noch: Her. 13, 234: Quid dubitas unam ferre duobus opem? Met. 11, 388: . . . animasque duas ut servet in una. — Vgl. Met. 2, 609. 3, 473. 3, 544 3, 647. 3, 655. 3, 715. 4, 108. 14, 38. Hal. 30.

auch Tib. 1, 3 und Ov. Trist. 3, 3. Dort liegt der Dichter auf Corcyra krank und denkt an seine Geliebte, hier schreibt der kranke Ovid aus dem Pontus an seine in Rom zurückgelassene Frau. In den Einzelheiten zeigt sich freilich ganz besonders in diesem tibullischen Gedichte die unnachahmbare Eigenthümlichkeit des Dichters, jener stete Wellenschlag und jenes Wogen der Empfindung, während bei Ovid das Schema ein viel regelmässigeres ist. Aber hier, wie dort der Gedanke an die Verlassenheit im fremden Lande und an das Begräbniss in fremder Erde.

Tib. 1, 3, 3:

Me tenet ignotis aegrum Phaeacia terris

Ov. Trist. 3, 3, 3:

Aeger in extremis ignoti partibus orbis

cf. Tib 5 ff. Ov. 32 ff.

Tib. 7:

Non soror, Assyrios cineri quae dedat odores
Et fleat effusis ante sepulcra comis

Ov. 40:

Depositum nec me qui fleat, ullus erit?

Aber dennoch denkt der Dichter auch an das Schlimmste:

Tib. 53:

Quod si fatales iam nunc explevimus annos

Ov. 29:

Si tamen inplevit mea sors, quos debuit, annos

Für diesen Fall bestimmt er auch schon seine Grabschrift:

Tib. 54:

Fac lapis inscriptis stet super ossa notis:
„Hic iacet

Ov. 72:

Grandibus in tituli marmore caede notis:
Hic ego, qui iaceo

Zu einigen Versen in der betreffenden Elegie Ovid's finden wir auch Paralellstellen in anderen tibullischen Gedichten. Z. B:

Ov. Trist. 3, 3, 82:

Deque tuis lacrimis humida serta dato

Tib. 2, 6, 32:

Et madefacta meis serta feram lacrimis

Ov. 51:

Parce tamen lacerare genas, nec scinde capillos

Tib. 1, 1, 67:

. . . . . , sed parce solutis
Crinibus et teneris, Delia, parce genis

Als grössere Stücke, die sich dem ganzen Gedankengange nach entsprechen, können wir auch Tib. 1, 4 und Ov. A. A. 2, 179 ff. hieherstellen. Dort gibt Priapus Rathschläge, die Liebe der Knaben zu gewinnen, hier lehrt Ovid in ganz ähnlicher Weise, die Gunst der Mädchen zu erwerben. „Es braucht Geduld und Ausdauer; mit der Zeit fügt sich Alles: das lehrt auch der Gang der ganzen Natur. (Tib. 1, 4, 15 ff. Ov. A. A. 2, 179 ff.) Alles, was dem geliebten Gegenstande gefällt, musst du thun und allmählig wirst du ihn erobern.“ (Tib. 39 ff. Ov. 197 ff.) Will man Einzelheiten vergleichen, so denke man an Verse, wie:

Tib. 1, 4, 41:

Neu comes ire neges, quamvis via longa paretur
Et Canis arenti torreat arva siti

Ov. A. A. 2, 231:

Nec grave te tempus sitiensque Canicula tardet

Tib. 1, 4, 16:

. paulatim sub iuga colla dabit.
Longa dies homini docuit parere leones

Ov. A. A. 2, 183:

Obsequium tigrisque domat Numidasque leones.
Rustica paulatim taurus aratra subit

Aehnliche Wendungen von der allmähligen Wirkung der Zeit kommen übrigens bei Ovid auch sonst noch öfters vor und manche klingen recht tibullisch. Z. B.

Ov. A. A. I, 471:

Tempore difficiles veniunt ad aratra iuvenci,
Tempore lenta pati frena docentur equi

475:

Quid magis est saxo durum, quid mollius unda?
Dura tamen molli saxa cavantur aqua

Tib. 1, 4, 17:

Longa dies homini docuit parere leones,
Longa dies molli saxa peredit aqua

Ov. Trist. 4, 6, 5:

Tempore Poenorum compescitur ira leonum

9:

Tempus, ut extentis tumeat, facit, uva racemis

Tib. 1, 4, 19:

Annus in apricis maturat collibus uvas

Auch für den tibullischen Vers von der Fügsamkeit gegenüber dem Geliebten treffen wir eine ziemlich auffallende Analogie bei Ovid.

Tib. 1, 4, 40:

. obsequio plurima vincit amor

Ov. Am. 3, 4, 12:

Obsequio vinces aptius illa tuo

Diese Beispiele mögen für den ersten, seltenern Fall genügen. Für die zweite angegebene Erscheinung, dass ähnliche Wendungen bei Tibull und Ovid als kleinere Versgruppen wiederkehren, sind die Belege fast unzählig und es kann sich wieder nur um die wichtigsten handeln. Vor Allem müssen wir hier von solchen Dingen sprechen, die der tibullischen Poesie so recht eigenthümlich sind und darum, wenn sie auch von Ovid öfter und in fast gleicher Weise gebraucht werden, wohl fast ohne Zweifel auf jenes Vorbild schliessen lassen. Als eine solche Eigenthümlichkeit Tibull's wird gewöhnlich und, mit Recht, sein hoher Sinn für die stille Ruhe des Landlebens hervorgehoben, der oft die anmuthigsten Schilderungen in seinen Elegieen veranlasst. Dem Charakter Ovid's, so weit wir ihn aus seinen

Werken beurtheilen können, musste diese Vorliebe für das Landleben so ziemlich fremd sein und in seinen eigentlich erotischen Gedichten und da, wo es sich um sein Verhältniss zu der Geliebten handelt, sind denn auch solche Anspielungen im Ganzen selten; wenn wir nun aber dennoch in seinen verschiedenen Dichtungen öfters, wo gerade der Stoff darauf führte, dergleichen Schilderungen finden, die selbst in ihrem Wortlaute stark an jene tibullischen erinnern, so liegt der Gedanke an Reminiscenzen um so näher. Besonders mögen für die Fassung jener Verse der Fasti, wo ländliche Feste zu besingen waren, manchmal Stellen Tibull's massgebend gewesen sein. Hier sind an erster Stelle jene Wendungen von der Heranbildung der Menschen durch Ceres oder durch andere Gottheiten des Landbaues zu erwähnen, deren Form schon im Allgemeinen, besonders durch die häufige Anwendung der Anaphora, fast stereotyp geworden zu sein scheint. Z. B.

Tib. 2. 1, 37:

Rura cano rurisque deos. his vita magistris[1]
  Desuevit querna pellere glande famem:
Illi compositis primum docuere tigillis
  Exiguam viridi fronde operire domum,
Illi etiam tauros primi docuisse feruntur
  Servitium et plaustro supposuisse rotam

Tib. 1, 7, 29:

Primus aratra manu sollerti fecit Osiris
  Et teneram ferro sollicitavit humum,
Primus inexpertae commisit semina terrae

Ov. Met. 5, 341:

Prima Ceres unco glebam dimovit aratro,
Prima dedit fruges alimentaque mitia terris,
Prima dedit leges

Ov. Fast. 4, 401:

Prima Ceres homine ad meliora alimenta vocato
  Mutavit glandes utiliore cibo
Illa jugo tauros collum praebere coegit

Ov. Am. 3, 10, 11:

Prima Ceres docuit turgescere semen in agris,
Falce coloratas subsecuitque comas:
Prima iugis tauros supponere colla coegit

Aber nicht nur in der allgemeinen Form, auch im Einzelnen finden sich manche Aehnlichkeiten:

Tib. 1, 7, 34:

Hic viridem dura caedere falce comam

Ov. Am. 3, 10, 12:

Falce coloratas subsecuitque comas[1])

Tib. 1, 7, 30:

Et teneram ferro sollicitavit humum

Ov. Am. 3, 10, 14:

Et veterem curvo dente revellit humum

Tib. 1, 7, 31:

Primus inexpertae commisit semina terrae

Ov. R. A. 173:

Obrue versata Cerialia semina terra

Ov. Am. 3, 10, 11:

Prima Ceres docuit turgescere semen in agris

Tib. 2, 1, 38:

Desuevit querna pellere glande famem

Ov. Fast. 1, 676:

Quernaque glans victa est utiliore cibo

Ov. Fast. 4, 402:

Mutavit glandes utiliore cibo

Tib. 1, 10, 46:

Duxit araturos sub iuga panda boves

Ov. ex P. 1, 8, 54:

Ducam ruricolas sub iuga curva boves

Vgl. Ov. Am. 1, 13, 12:

Prima vocas tardos sub iuga panda boves

---

1) Vgl. Prop. 3, 12, 12: Et vitem docta ponere falce comas

Ich bemerke übrigens, dass zwei der hier verglichenen Verse Ovid's: R. A. 173 und ex P. 1, 8, 54 aus Stellen entnommen sind, die vom Landbaue im Allgemeinen handeln. Es sind auch diese Partieen für ähnliche Vergleiche sehr anziehend und wir werden weiter unten noch darauf zurückkommen.

Als eine zum grossen Theile verwandte Erscheinung füge ich am Besten hier die Beschreibung des goldenen Zeitalters unter Saturnus ein, jene bei den römischen Dichtern bekanntlich sehr beliebte Episode [1]). Dass die Sache auch bei Vergil vorkommt und dass schon im Allgemeinen immer die nämlichen Züge wiederkehren, ist Jedem geläufig genug. Hier kann es also wieder nur darauf ankommen, jene Stellen zu verzeichnen, wo nähere Aehnlichkeiten und zugleich auch Wortanklänge auffallen.

Tib. 1, 3, 37:

Nondum caeruleas pinus contempserat undas

Ov. Met. 1, 94:

Nondum caesa suis, peregrinum ut viseret orbem,
Montibus in liquidas pinus descenderat undas

Tib. 1, 3, 41:

Illo non validus subiit iuga tempore taurus,
Non domito fraenos ore momordit equus

Ov. Fast. 2, 295:

Nullus anhelabat sub adunco vomere taurus

297:

Nullus adhuc erat usus equi

Tib. 1, 3, 45:

Ipsae mella dabant quercus

Ov. Am. 3, 8, 40:

. et in quercu mella reperta cava

Ov. Met. 1, 112:

Flavaque de viridi stillabant ilice mella

Verg. Ecl. 4, 30:

Et durae quercus sudabunt roscida mella

---

1) Vgl. Preller Röm. Myth. S. 411.

Tib. 1, 3, 45:

. . . . . ultroque ferebant
Obvia securis ubera lactis oves

Verg. Ecl. 4, 21:

Ipsae lacte domum referent distenta capellae
Ubera

Cf. Ov. Fast. 2, 298:

Ibat ovis lana corpus amicta sua

Tib. 1, 3, 47:

Non acies, non ira fuit, non bella, nec ensem

Ov. Met. 1, 99:

Non galeae, non ensis erant. sine militis usu

Ich bleibe auch hier wieder meiner Anordnung getreu und citire, um später bei der Besprechung Vergil's nicht wieder auf derartige Dinge zurückkommen zu müssen, gleich bei dieser Gelegenheit einige Paralellstellen, die sich ausschliesslich auf Ovid und Vergil beziehen.

Verg. Ecl. 4, 28:

Molli paullatim flavescet campus arista

Ov. Met. 1, 110:

Nec renovatus ager gravidis canebat aristis

Vgl. Ov. Fast. 5, 357:

An quia maturis albescit messis aristis

Verg. Georg. 1, 126:

Ne signare quidem aut partiri limite campum
Fas erat

Ov. Am. 3, 8, 42:

Signabat nullo limite mensor humum

Verg. Ecl. 4, 32:

. . . . quae cingere muris
Oppida, quae iubeant telluri infindere sulcos

Ov. Am. 3, 8, 47:

Quo tibi, turritis incingere moenibus urbes

Ov. Met. 1, 97:

Nondum praecipites cingebant oppida fossae

Verg. Georg 1, 127:

. . . . . ipsaque tellus
Omnia liberius, nullo poscente, ferebat

Ov. Met. 1, 101:

. . . . . nec ullis
Saucia vomeribus per se dabat omnia tellus

Ueber die Jagd, als Erfindung der spätern Zeit, vgl. Verg. Georg. 1, 139 ff. Ov. Met. 15, 99 ff. Dass übrigens bei den bezüglichen ovidischen Stellen auch manche Aehnlichkeiten unter sich mitunterlaufen, ist an sich klar und ihre Betrachtung würde uns zu weit führen.

An die Besprechung dieser zwei Hauptpunkte reihe ich nun ohne weitere Bemerkungen die wichtigsten jener Parallelstellen aus Tibull und Ovid, die sich auf das Landleben im Allgemeinen und auf ländliche Feste oder Gottheiten beziehen [1]:

Tib. 2, 1, 5:

Luce sacra requiescat humus, requiescat arator,
Et grave suspenso vomere cesset opus.
Solvite vincla iugis: nunc ad praesepia debent
Plena coronato stare boves capite

Ov. Fast. 1, 663:

State coronati plenum ad praesepe iuvenci

665:

Rusticus emeritum palo suspendat aratrum

667:

Vilice, da requiem terrae, semente peracta:
Da requiem terram qui coluere, viris

---

1) Es sei hier ein für allemal bemerkt, dass die Uebereinstimmung in solchen Versen, die auf Gottesdienst und feststehende Gebräuche Bezug haben, natürlich nicht in dem Grade überraschen kann wie die sonstigen Analogieen; aber dennoch sind auch diese Erscheinungen da, wo sie wirklich auffallende Aehnlichkeit zeigen, nicht zu unterschätzen, da es doch auch Fälle genug gibt, wo eine und dieselbe gottesdienstliche Handlung von verschiedenen Dichtern mit verschiedenen Worten geschildert wird. Man kann sich davon leicht überzeugen, wenn man aus dem reichen Materiale derartiger dichterischer Stellen in Preller's röm. Mythologie einige beliebige unter sich zusammenhält.

Tib. 1, 10, 49:

Pace bidens vomerque vigent, at tristia duri
Militis in tenebris occupat arma situs

Ov. Fast. 4, 927:

Sarcula nunc durusque bidens et vomer aduncus,
Ruris opes, niteant, inquinet arma situs

Tib. 4, 1, 161:

Non igitur presso tellus exurgit aratro

Ov. Met. 3, 104:

. et ut presso sulcum patefecit aratro

Tib. 1, 1, 36:

Et placidam soleo spargere lacte Palem

Ov. Fast. 4, 746:

Silvicolam tepido lacte precare Palen

Tib. 1, 10, 22:

Seu dederat sanctae spicea serta comae

Ov. Am. 3, 10, 36:

Deciderant longae spicea serta comae

Ov. Fast. 4, 616:

Imposuitque suae spicea serta comae

Tib. 2, 5, 89:

Ille levis stipulae solemnis potus acervos
Accendet

Ov. Fast. 4, 781:

Moxque per ardentes stipulae crepitantis acervos
Traicias celeri strenua membra pede

Vgl. Prop. 5, 4, 77:

Cumque super raros faeni flammantis acervos
Traicit inmundos ebria turba pedes

Tib. 2, 5, 90:

. flammas transilietque sacras

Ov. Fast. 4, 727:

Certe ego transilui positas ter in ordine flammas

Tib. 1, 1, 17:

Pomosisque ruber custos ponatur in hortis,
Terreat ut saeva falce Priapus aves

Ov. Fast. 6, 333:

At ruber hortorum custos

Ov. Met. 14, 640:

Quique deus fures vel falce . . terret

Tib. 1, 1, 11:

Nam veneror, seu stipes habet desertus in agris
Seu vetus in trivio florea serta lapis

Ov. Fast. 2, 641:

Termine, sive lapis, sive es defossus in agro
Stipes

Tib. 2, 3, 63:

Et tu, Bacche tener, iucundae consitor uvae

Ov. Met. 4, 14:

Et cum Lenaeo genialis consitor uvae

Tib. 1, 10, 26:

Hostiaque e plena rustica porcus hara

Ov. Am. 3, 13, 16:

Et minor ex humili victima porcus hara

Tib. 1, 10, 24:

Postque comes purum filia parva favum

Ov. Fast. 2, 652:

Porrigit incisos filia parva favos

Tib. 2, 6, 22:

Semina, quae magno fenore reddat ager

Ov. R. A. 173:

. . . semina terra,
Quae tibi cum multo faenore reddat ager

Ov. ex P. 1, 5, 26:

Et sata cum multo fenore reddit ager

Tib. 2, 1, 19:

Neu seges eludat messem fallacibus herbis

Ov. Fast. 4, 645:

Saepe Ceres primis dominum fallebat in herbis

Tib. 1, 1, 10:

Praebeat et pleno pinguia musta lacu

Ov. Trist. 3, 10, 72:

Nec cumulant altos fervida musta lacus

Ov. Fast. 3, 558:

Inque cavos ierant tertia musta lacus

Tib. 2, 3, 16:

Raraque per nexus est via facta sero

Ov. Fast. 4, 770:

Denique viam liquido vimina rara sero

Tib. 2, 1, 53:

Et sator arenti primum est modulatus avena
Carmen

Ov. R. A. 181:

Pastor inaequali modulatur arundine carmen

Tib. 1, 3, 60:

Dulce sonant tenui guttore carmen aves

Ov. Am. 1, 13, 8:

Et liquidum tenui gutture cantat avis

Tib. 4, 1, 20[a]:

. seu tardi pecoris sim gloria taurus

Ov. A. A. 1, 290:

Candidus, armenti gloria, taurus erat

Hier fügen sich am Natürlichsten noch ein Paar jener Verse ein, welche Natur und Naturbeschreibung im weitesten Sinne zum Gegenstande haben. Z. B.

Tib. 1, 1, 47:

Aut, gelidas hibernus aquas cum fuderit Auster

Ov. ex P. 2, 1, 26:

Fuderit assiduas nubilus auster aquas

Ov. A. A. 3, 174:

Nec tepidus pluvias concitat auster aquas

Ueber den Anbruch der Nacht:

Tib. 2, 1, 87:

. iam Nox iungit equos . .

89:

Postque venit . . . .
Somnus et incerto Somnia nigra pede

Ov. Fast. 4, 662:

Nox venit, et secum somnia nigra trahit

Ueber den Anbruch eines erwünschten Tages:

Tib. 1, 3, 93:

Hoc precor, hunc illum nobis Aurora nitentem
Luciferum roseis candida portet equis

Ov. Am. 2, 11, 55:

Haec mihi quamprimum caelo nitidissimus alto
Lucifer admisso tempora portet equo

Ov. Trist. 3, 5, 55:

Hunc utinam nitidi Solis praenuntius ortum
Afferat admisso Lucifer albus equo

Dem Landleben oder der Natur entlehnte Bilder dienen auch manchmal zu Vergleichen. Hieher gehören jene interessanten und allgemein bekannten Verse:

Tib. 3, 5, 19:

Quid fraudare iuvat vitem crescentibus uvis
Et modo nata mala vellere poma manu?

Ov. Am. 2, 14, 23:

Quid plenam fraudas vitem crescentibus uvis,
Pomaque crudeli vellis acerba manu?

Ueber den seltsamen Zusammenhang, in dem die Worte bei Ovid stehen, hat schon Gruppe ausführlicher gesprochen[1]) und die Erscheinung zu seinem Zwecke auszubeuten gesucht.

Zur Bezeichnung des Anfangs gegen die Liebe sich Sträubenden findet sich das Bild vom jungen Ochsen, der wider das Joch sich auflehnt:

Tib. 1, 4, 15:

Sed ne te capiant, primo si forte negabit,
Taedia: paulatim sub iuga colla dabit

Ov. Am. 1, 2, 10:

Cedamus. leve fit quod bene fertur, onus

13:

Verbera plura ferunt, quam quos iuvat usus aratri,
Detractant pressi dum iuga prima boves

1) Vgl. S. 132 ff.

Vgl. Prop. 2, 4, 3:

Ac veluti primo taurus detrectat aratra,
　　Post venit assueto mollis ad arva iugo,
Sic primo iuvenes trepidant

Bezüglich der Form ist noch zu vergleichen:

Ov ex P. 3, 7, 15:

Ductus ab armento taurus detrectat aratrum,
　　Subtrahit et duro colla novella iugo

Ein Vers an der ersteren Stelle Ovid's mahnt an einen anderen tibullischen:

Ov. Am 1, 2, 17:

Acrius invitos multoque ferocius urget,
　　Quam qui servitium ferre fatentur, Amor

Tib. 1, 8, 7:

. . deus crudelius urit,
　　Quos videt invitos succubuisse sibi

Endlich scheint mir am Schlusse dieses Abschnittes noch der beste Platz, die mythologische Wendung vom Dienste des Apoll bei Admet zu nennen, die gewissermassen auch in's Bereich der ländlichen Schilderungen gehört.

Die Anspielung begegnet, wie leicht zu erklären, öfter bei unseren Dichtern, natürlich immer in der von der späteren griechischen Sage vorgeschriebenen Fassung; doch sind es wieder ein Paar Stellen, die ganz merkwürdige Aehnlichkeiten enthalten:

Tib. 2, 3, 11:

Pavit et Admeti tauros formosus Apollo,

28:

　　Nempe amor in parva te iubet esse casa

Ov. A. A. 2, 239:

Cynthius Admeti vaccas pavisse Pheraei
　　Fertur, et in parva delituisse casa

Ov. Her. 5, 151:

Ipse repertor opis vaccas pavisse Pheraeas
　　Fertur

Tib. 3, 4, 67:

Me quondam Admeti niveas pavisse iuvencas
Non est in vanum fabula ficta iocum

Auch folgende Verse kann man hier noch vergleichen:

Tib. 2, 3, 13:

Nec potuit curas sanare salubribus herbis

Ov. Met. 1, 523:

Ei mihi, quod nullis amor est sanabilis herbis

Vgl. Ov. Her. 5, 149:

Me miseram, quod amor non est medicabilis herbis

Wir haben in dieser Abtheilung auch schon einige Stellen aus Properz citirt; der Einfachheit wegen gebe ich auch hier wieder gleich den Rest der diessbezüglichen Bemerkungen über ihn. Beschreibungen der Natur und des Landlebens kann man im Ganzen bei ihm nicht häufig nennen.[1]) Zwei Hauptstellen in dieser Beziehung sind noch 3, 12, 11 ff. und 4, 12, 25 ff. Es finden sich natürlich auch hier manche ähnliche Wendungen, doch nicht so auffallende Analogieen, wie wir sie oben getroffen[2]). An der zweiten Stelle halte man den Vers:

4, 12, 36:

Altaque nativo creverat herba toro

zusammen mit

Ov. Her. 5, 14:

Mixtaque cum foliis praebuit herba torum

An der ersteren sind die beigefügten Verse über die Jagd (3, 12, 17 ff.) den Ermahnungen, die Venus ihrem Adonis

1) Nicht recht erklärlich ist mir die gegentheilige Behauptung in Pauly's Realenc. VI, 100: „Auch seine Vorliebe für einfache idyllische Zustände gehört wohl hieher." Vgl. dagegen die richtige Bemerkung in Bernhardy röm. Lit. S. 542: „und nur beiläufig ist er auf Themen idyllischer Art eingegangen."

2) Dagegen ist eine für das Verhältniss des Propers zu Tibull interessante Stelle: Prop. 4, 16, 15: Ipse seram vites pangamque ex ordine colles. Vgl. Tib. 1, 1, 7: Ipse seram teneras maturo tempore vites. Wie denn überhaupt diese ganze Elegie des Propers freie Nachahmung Tibull's ist. Vgl. Gruppe S. 208.

bei Ovid Met. 10, 543 ff. gibt, nicht ganz unähnlich. „Ich will es nur mit furchtsamen Thieren aufnehmen.“ Der Vers 3, 12, 22:

Aut celer agrestes cominus ire sues

kann mit dem ovidischen verglichen werden:

Fast. 5, 176:

Audet et hirsutas comminus ire feras

Bei dieser Gelegenheit erinnere ich im Vorbeigehen auch an jene Stellen über die Jagd, in denen bei den Elegikern die Theilnahme an derselben und besonders das Tragen der Netze als eine der schwersten Liebesproben erwähnt wird Man vergleiche besonders Tib. 4, 3, 11 ff. und Ov. Her. 4, 103. 5, 17 ff. Manchmal entstehen auch dadurch gewisse Aehnlichkeiten:

Tib. 1, 4, 49:

Nec . . . .

Dum placeas, humeri retia ferre negent

Ov. A. A. 3, 104:

Nec iubeo collo retia ferre tuo

Nach dieser grossen und episodenreichen Gruppe gehen wir zu den wichtigsten der übrigen Wendungen, die Tibull und Ovid gemein haben, über. Ersterer behandelt zweimal mit einer gewissen Ausführlichkeit und Vorliebe die Macht von Zaubermitteln; auch hierin folgt ihm Ovid und es ist lohnend, diese Stellen zu vergleichen, die nicht selten wieder selbst in der äussern Form übereinstimmen.

Tib. 1, 2, 43:

Hanc ego de caelo ducentem sidera vidi,
Fluminis haec rapidi carmine vertit iter,
Haec cantu finditque solum Manesque sepulcris
Elicit et tepido devocat ossa rogo:

49:

Cum libet, haec tristi depellit nubila caelo:
Cum libet, aestivo convocat orbe nives.
Sola tenere malas Medeae dicitur herbas

Tib. 1, 8, 19:

Cantus vicinis fruges traducit ab agris,
    Cantus et iratae detinet anguis iter,
Cantus et e curru Lunam deducere temptat,
    Et faceret, si non aera repulsa sonent

Ov. Am. 1, 8, 5:

Illa magas artes Aeaeaque carmina novit,
    Inque caput liquidas arte recurvat aquas

9:

Cum voluit, toto glomerantur nubila caelo:
    Cum voluit, puro fulget in orbe dies.
Sanguine siqua fides, stellantia sidera vidi

17:

Evocat antiquis proavos atavosque sepulchris
    Et solidam longo carmine findit humum

Ov. Am. 2, 1, 23:

Carmina sanguineae deducunt cornua lunae,
    Et revocant niveos Solis euntis equos.
Carmine dissiliunt abruptis faucibus angues,
    Inque suos fontes versa recurrit aqua

Ov. Met. 12, 263:

Mater erat Mycale, quam deduxisse canendo
Saepe reluctanti constabat cornua lunae

Ov. Her. 6, 85:

Illa reluctantem cursu deducere Lunam
    Nititur, et tenebris abdere Solis equos.
Illa refrenat aquas, obliquaque flumina sistit:
    Illa loco silvas vivaque saxa movet

Ov. R. A. 253:

Me duce non tumulo prodire iubebitur umbra,
    Non anus infami carmine rumpet humum,
Non seges ex aliis alios transibit in agros,
    Nec subito Phoebi pallidus orbis erit

Ov. Met. 7, 199:

Quorum ope, cum volui, ripis mirantibus amnes
In fontes rediere suos, concussaque sisto,

Stantia concutio cantu freta, nubila pello,
Nubilaque induco, ventos abigoque vocoque,
Vipereas rumpo verbis et carmine fauces

205:

. . . iubeoque tremescere montes
Et mugire solum, Manesque exire sepulchris.
Te quoque, Luna, traho, quamvis Temesaea labores
Aera tuos minuant

Ov. Med. Fac. 35:

Sic potius nos uret amor, quam fortibus herbis,
Quas maga terribili subsecat arte manus.
Nec vos graminibus, nec mixto credite succo,
Nec temptate nocens virus amantis equae.
Nec mediae Marsis finduntur cantibus angues,
Nec redit in fontes unda supina suos.
Et quamvis aliquis Temeseïa moverit aera,
Numquam Luna suis excutietur equis

Aus Properz erinnere ich mich nur an zwei derartige Stellen, die aber in der äusseren Form schon mehr verschieden sind:

Prop. I, 1, 19:

At vos, deductae quibus est fallacia lunae
Et labor in magicis sacra piare focis,

23:

Tunc ego crediderim vobis et sidera et amnes
Posse Cytaines ducere carminibus

Prop. 5, 5, 9:

Illa velit, poterit magnes non ducere ferrum
Et volucris nidis esse noverca suis.
Quippe et, Collinas ad fossam moverit herbas,
Stantia currenti diluerentur aqua.
Audax cantatae leges inponere lunae 1)

1) Die Erscheinung ist übrigens bekanntermassen eine alte und lässt sich bei vielen Dichtern verfolgen, nur nicht in so ausgedehntem

Zauberformeln und Zauberkräuter äussern aber ihre Wirkung nicht nur auf die leblose Natur, sie können auch auf den Menschen Einfluss haben. Hier wieder die ähnlichen Verse bei Tibull und Ovid:

Tib. 1, 8, 23:

Quid queror heu misero carmen nocuisse, quid herbas?

Ov. Am. 3, 7, 28:

, num misero carmen et herba nocent?

Hieher stelle ich zum Schlusse noch, als wenigstens zum Theil verwandten Gegenstand, zwei Verse über die Mondesfinsterniss:

Prop. 2, 32, 52:

Nec cur fraternis Luna laboret equis

Ov. Am. 2, 5, 38:

Aut ubi cantatis Luna laborat equis

Unglückbedeutende Naturerscheinungen sind bei Tibull und Ovid auffallend ähnlich geschildert:

Tib. 2, 5, 73:

Atque tubas atque arma ferunt strepitantia caelo
    Audita et lucos praecinnisse fugam,
Et simulacra deum lacrimas fudisse tepentes

. . . .

Ipsum etiam Solem defectum lumine vidit
    Jungere pallentes nubilus annus equos

Ov. Met. 15, 783:

Arma ferunt inter nigras crepitantia nubes
Terribilesque tubas auditaque cornua caelo
Praemonuisse nefas. Solis quoque tristis imago
Lurida sollicitis praebebat lumina terris

Masse, wie bei Tibull und besonders bei Ovid. Vgl. Apollon. Rhod. 3, 532 von Medea: καὶ ποταμοὺς ἵστησιν ἄφαρ κελαδεινὰ ῥέοντας, ἄστρα τε καὶ μήνης ἱερῆς ἐπέδησε κελεύθους. Verg. Aen. 4, 489: Sistere aquam fluviis et vertere sidera retro; Nocturnosque movet Manis; mugire videbis Sub pedibus terram. Ecl. 8, 69: Carmina vel caelo possunt deducere Lunam; 71: Frigidus in pratis cantando rumpitur anguis. Hor. Epod. 5, 45: Quae sidera excantata voce Thessala Lunamque caelo deripit.

792:

Mille locis lacrimavit ebur

Daran schliesse ich die Beschreibung der Unterwelt und der dort büssenden Heroen, die sich bei Tibull einmal ziemlich ausführlich findet und die dann bei Ovid öfters in einer nicht viel verschiedenen Ordnung, ja manchmal mit Versanklängen wiederkehrt. Ich stelle die auffallendsten Verse zusammen:

Tib. 1, 3, 67:

At scelerata iacet sedes

Ov. Met. 4, 456:

. . sedes Scelerata vocatur [1])

Tib. 1, 3, 69:

Tisiphoneque impexa feros pro crinibus angues

Ov. Met. 4, 454:

Deque suis atros pectebant crinibus angues

Tib. 1, 3, 70:

Saevit, et huc illuc impia turba fugit

Ov. Ibis 172:

Quasque tenet sedes noxia turba, coles

Tib. 1, 3, 74:

Versantur celeri noxia membra rota

Ov. Ibis 190:

Versabunt celeres nunc nova membra rotae

Tib. 1, 3, 75:

Porrectusque novem Tityos per iugera terrae
Assiduas atro viscere pascit aves

Ov. Ibis 179:

Jugeribusque novem summus qui distat ab imo,
Visceraque assiduae debita praebet avi

Die properzischen Stellen 2, 1, 66. 3, 9, 5. 3, 13, 31. 5, 11, 23 sind nur durch die Erwähnung der nämlichen Verdammten und für die Betrachtung der allgemeinen Anordnung [2]) bemerkenswerth. Bloss der Vers:

---

1) Bei Verg. Aen. 6, 563: sceleratum limen.

2) Erstes Vorbild für alle hieher gehörigen Stellen war ohne Zweifel Hom. Od. 11, 576 ff. Von Tityos z. B heisst es dort: ἐπ' ἐννέα κεῖτο

3, 9, 6:

Ut liquor arenti fallat ab ore sitim

dürfte vielleicht verglichen werden können mit

Tib. 1, 3, 77:

. . . . sed acrem
Iam iam poturi deserit unda sitim

Da ich nun schon in's mythologische Gebiet übergetreten, gebe ich an dieser Stelle jene der zu besprechenden Verse, die sich auf Gottheiten, deren Cultus, oder auf die Heroengeschichte beziehen und die oben bei den ländlichen Gottheiten nicht erwähnt werden konnten. Bei Tibull sind bekanntlich gesuchtere Anspielungen auf die Mythologie selten; um so merkwürdiger ist es aber wieder, wenn wir diese wenigen Verse fast alle durch Anklänge bei Ovid vertreten finden.

Tib. 1, 5, 45:

Talis ad Haemonium Nereis Pelea quondam
Vecta est fraenato caerula pisce Thetis

Ov. Met. 11, 238:

. . . . . quo saepe venire
Frenato delphine sedens, Theti nuda, solebas

Tib. 3, 6, 39:

Gnosia, Theseae quondam periuria linguae
Flevisti ignoto sola relicta mari

Ov. A. A. 3, 35:

Quantum in te, Theseu, volucres Ariadna marinas
Pavit, in ignoto sola relicta loco

Tib. 1, 7, 23:

Nile pater, quanam possim te dicere causa
Aut quibus in terris occuluisse caput?

πέλεθρα, was dann die römischen Dichter getreu wiedergaben. Vgl. ausser den schon angegebenen Stellen noch Ov. Met. 4, 457: novemque Jugeribus distentus erat. Verg. Aen. 6, 596: per tota novem cui iugera corpus Porrigitur. Cf. Prop. 4, 4, 44. Vgl. über die Erscheinung im Allgemeinen und ihre Entwicklung: Preller röm. Myth. 2. Aufl. S. 402 ff.

Ov. Met. 2, 254:

Nilus in extremum fugit perterritus orbem
Occuluitque caput.

Tib. 1, 4, 63:

Carmine purpurea est Nisi coma

Ov. R. A. 68:

Haesisset capiti purpura, Nise, tuo

Vgl. Ov. Trist. 2, 393.

Hieher rechne ich auch die Personification der Spes:

Tib. 2, 6, 25:

Spes etiam valida solatur compede vinctum
(Crura sonant ferro, sed canit inter opus)

Ov. ex P. 1, 6, 31:

Haec facit, ut vivat fossor quoque compede vinctus,
Liberaque a ferro crura futura putet

Wir haben an dieser Stelle Ovid's eine unläugbare Nachahmung, die sich noch durch mehrere Verse beweisen liesse. Als Versähnlichkeit füge ich hier noch bei:

Ov. Trist. 4, 1, 5:

Hoc est, cur cantet vinctus quoque compede fossor

Die Parcen begegnen in:

Tib. 1, 7, 1:

Hunc cecinere diem Parcae fatalia nentes
Stamina

Ov. Trist. 5, 3, 25:

Scilicet hanc legem nentes fatalia Parcae
Stamina bis genito bis cecinere tibi

Ov. Met. 8, 453:

Staminaque inpresso fatalia pollice nentes [1])

Vom Tode:

Tib. 1, 3, 4:

Abstineas avidas, Mors precor atra, manus

---

1) Auch bei Catull schon findet sich die Beschreibung der drei spinnenden Schwestern nach dem Vorbilde der griechischen Mythologie, aber nicht mit solchen Versähnlichkeiten (64. 306 ff.). Vgl. übrigens Preller S. 564.

Ov. Am. 3, 9, 20:

Omnibus obscuras inicit illa manus

Eine gewöhnlichere, auch anderswo in ähnlicher Weise vorkommende Erscheinung ist die Anrede an den Geburtsgott:

Tib. 1, 7, 63:

At tu, Natalis . . . .
Candidior semper candidiorque veni

Ov. Trist. 5, 5, 13:

Optime Natalis . . . .
Candidus huc venias dissimilisque meo

Amor und seine Pfeile betreffen die Verse:

Tib 2, 6, 15:

Acer Amor, fractas utinam tua tela sagittas

Ov. Her. 7, 157:

Tu modo per matrem fraternaque tela, sagittas

Ov. ex P. 3, 3, 67:

Per mea tela, faces et per mea tela, sagittas

Zu diesem Versausgange möge man hier noch vergleichen:

Ov. Met. 2, 616:

. cumque manu temeraria tela, sagittas

Ov. Met. 13, 401:

. . ut referat Tirynthia tela, sagittas

Aus Properz gehört folgende Stelle über Amor hieher:

Prop. 3, 4, 2:

Spicula, quot nostro pectore fixit Amor

Vgl. Ov. A. A. 2, 708:

In quibus occulte spicula tingit Amor

Gehen wir nun zu den gottesdienstlichen Handlungen über, so müssen wir auf die Aehnlichkeit hinweisen, die in jenen Versen Tibull's und Ovid's herrscht, in welchen auf die beim Isisdienste und anderen Culten vorgeschriebene Enthaltsamkeit angespielt wird [1]). Wir haben schon oben bemerkt, dass unser Dichter den tibullischen Vers

1) Ueber den Isisdienst bei den Dichtern des augusteischen Zeitalters vgl. besonders Preller R. M. S. 729.

1. 3, 26:

Te (memini) et puro secubuisse toro

in seine Elegie auf den Tod Tibull's verflochten hat. Interessant ist es nun, dass Anklänge an denselben noch zweimal in Ovid's Dichtungen vorkommen:

Am. 3, 10, 2:

Secubat in vacuo sola puella toro

Am. 2, 19, 42:

Cur totiens vacuo secubet ipsa toro

Vgl. Fast. 2, 328:

Et positis iuxta secubuere toris

Ueber das *sistrum* vergleiche:

Prop. 4, 10, 43:

. . crepitanti pellere sistro

Ov. Met. 9, 784:

. . crepuitque sonabile sistrum

Hier sind ferner die Anspielungen auf den Cybeledienst zu bemerken:

Tib. 1, 4, 70:

Et secet ad Phrygios vilia membra modos

Ov. Ibis 451:

Attonitusque seces, ...

. , ad Phrygios vilia membra modos

Ov. Fast. 4, 244:

Caedunt iactatis vilia membra comis

Votivtäfelchen, einer Gottheit zum Danke gespendet, sind auf ganz ähnliche Art erwähnt in:

Tib. 1, 3, 28:

Picta docet templis multa tabella tuis

Ov. Fast. 3, 268:

Et posita est meritae multa tabella deae

Von Versprechungen an Gottheiten, die sich auch äusserlich ähneln:

Tib. 1, 7, 53:

. . . tibi dem turis honores

Ov. Met. 14, 128:

. . . tribuam tibi turis honorem

Vgl. Prop. 5, 6, 5:

. . . et blandi mihi turis honores

Für die Form sind ausserdem noch zu beachten:

Tib. 4, 6, 1:

. . sanctos cape turis acervos

Ov. Met. 5, 131:

. aut totidem tollebat turis acervos

Die beim Beginne der gottesdienstlichen Handlungen üblichen Worte sind versifizirt in:

Tib. 2, 2, 1:

Dicamus bona verba: . . . .
Quisquis ades, lingua, vir mulierque, fave

Ov. Fast. 1, 71:

. . . linguis animisque favete!
Nunc dicenda bona sunt bona verba die

Ueber die Einfachheit des alten Cultus:

Tib. 1, 10, 20:

Stabat in exigua ligneus aede deus

Ov. Fast. 1, 201:

Juppiter angusta vix totus stabat in aede

Zu den gottesdienstlichen Handlungen gehört auch der Eid. In dieser Beziehung ist die häufige Wendung von der Ungültigkeit und Unsträflichkeit des Meineides unter Liebenden zu bemerken. Wir haben manche von den hieher gehörigen Versen schon früher angeführt, wo wir vom Davontragen des Windes, als Bild alles Ungültigen, sprachen. Weitere Belege wären noch:

Tib. 1, 9, 5:

. . aequum est impune licere
Numina formosis laedere vestra semel

Ov. Am. 3, 3, 11:

Scilicet aeterno falsum iurare puellis
Di quoque concedunt, formaque numen habet

Ov. Am. 1, 8, 85:

Nec, siquem falles, tu periurare timeto:
Commodat in lusus numina surda Venus

Vgl. Prop. 3, 8, 47:

Non semper placidus periuros ridet amantes
Juppiter et surda negligit aure preces

Bezüglich der äussern Form sind diese Verse mit den oben citirten hieher bezüglichen zu vergleichen und man wird die manchmal fast stereotyp gewordene Form leicht herausfinden. „Juppiter periuria ridet amantum" findet sich bei allen drei Dichtern.

An den Eid knüpfe ich gewisse Beschwörungs- und Schwurformeln, die bei Tibull und Ovid auch manchmal sich so ziemlich gleich sehen:

Tib. 1, 5, 7:

Parce tamen, per te furtivi foedera lecti,
Per Venerem quaeso compositumque caput

Ov. Met. 7, 852:

. . . . per nostri foedera lecti,
Perque deos supplex oro

Ov. Her. 3, 107:

Perque tuum nostrumque caput, quae iunximus una

Ov. Am. 3, 11, 45:

Parce, per o lecti socialia iura, per omnis,
. . . . deos,
Perque tuam faciem

Zum Versausgange *foedera lecti* vgl. Ov. Met. 7, 710. Her. 5, 101. Ibis 15. Prop. 5, 3, 69.

Hieher gehört auch die Zurückwünschung auf das eigene Haupt:

Tib. 1, 2, 12:

. capiti sint precor illa meo

Ov. Her. 19, 127:

Inque caput nostrum dominae periuria, quaeso,
Eveniant

Endlich noch die Wunschformel:

Tib. 3, 4, 1:

Dii meliora ferant

Ov. Met. 7, 37:

Di meliora velint

Nun einige Belege, welche Weissagung, Aberglauben und Todtenerscheinung betreffen:

Tib. 1, 6, 43:

. . . . . . sic magna sacerdos
Est mihi divino vaticinata sono:

Ov. Her. 15, 277:

Hoc mihi, ...
. erat verax vaticinata soror [1])

Tib. 1. 3, 20:

Offensum in porta signa dedisse pedem

Ov. Met. 10, 452:

Ter pedis offensi signo est revocata

Tib. 1, 3, 17:

Aut ego sum causatus aves aut omina dira

Prop. 5, 4, 23:

Saepe illa immeritae causata est omina lunae

Ov. Met. 9, 761:

. . . . . omina saepe
Visaque causatur

Tib. 2, 6, 38:

Maestaque sopitae stet soror ante torum,
Qualis . . . . . .
Venit ad infernos sanguinolenta lacus

Ov. Fast. 3, 639:

. . ante torum visa est adstare sororis
Squalenti Dido sanguinulenta coma

Vgl. Ov. Her. 7, 69:

Coniugis ante oculos deceptae stabit imago
Tristis et effusis sanguinolenta comis

---

1) Bei dieser Gelegenheit schalte ich auch zwei nicht ganz unähnliche Verse des Tibullus und Propertius ein, von der verkündeten, aber nicht geglaubten Wahrheit:

Tib. 2, 4, 51:

Vera quidem moneo, sed prosunt quid mihi vera?

Prop. 4, 12, 61:

Certa loquor, sed nulla fides

Am Ende hier noch die Phrasen:

Tib. 1, 6, 30:

. . contra quis ferat arma deos?

Ov. ex P. 2, 2, 11:

Nec . . . . .
In rerum dominos movimus arma deos

Ov. ex P. 1, 1, 26:

Saeva deos contra non tamen arma tuli

Wir schreiten nun zu einer andern Gruppe vor, zu den Wendungen, die sich auf dem erotischen Gebiete bewegen. Ich beginne mit dem Selbstbewusstsein des Dichters gegenüber dem geliebten Gegenstande:

Tib. 1, 4, 61:

Pieridas, pueri, doctos et amate poetas

Tib. 2, 5, 113:

At tu (nam divum servat tutela poetas),
Praemoneo, vati parce, puella, sacro

Tib. 3, 4, 43:

. . . casto nam rite poetae
Phoebusque et Bacchus Pierideaque favent

Ov. A. A. 3, 547:

Vatibus Aoniis faciles estote, puellae:
Numen inest illis, Pieridesque favent

Tibull spricht vom Werthe des Dichters nur in dieser Verbindung [1]) und an der ersten Stelle führt er den Gedanken sogar etwas weiter aus, indem er auf die Unsterblichkeit der vom Dichter Gepriesenen hinweist; Properz und Ovid aber haben dann bekanntlich diesen Gegenstand, bisweilen auch ohne Rücksicht auf die Liebe, in grösseren Partieen behandelt. Und der Pomp, mit dem sie dabei manchmal von sich sprechen, sticht scharf gegenüber der Einfachheit Tibull's ab. Vgl. Prop. 1, 7 (21 ff.) und ganz besonders 4, 1. Ov. Am. 1, 15. 2, 17, 27. 1, 10, 59 ff.

---

1) So ist auch die richtige Bemerkung Gruppe's S. 370 aufzufassen: „Tibull spricht nicht einmal von seinem Ruhme“.

A. A. 3, 535. — ex P. 4, 8, 45 ff. nähert sich durch die grössere Objectivität und durch die mehr allgemeinen, der Natur und der Geschichte entlehnten, Belege wieder eher der Stelle Tibull's 1, 4, 61 ff. Der Grundgedanke ist, wenn von der Macht der Gedichte die Rede ist, immer der: Alles Andere vergeht, nur das vom Dichter Gefeierte besteht; dieser Gedanke wird dann eben, in der oben angegebenen Weise, entweder mehr subjectiv oder objectiv auseinandergesetzt.

Indem ich die angeführten Stellen sonst der Selbstbetrachtung überlasse, citire ich nur noch ein Paar Verse aus Prop. 4, 1, die mehr im Allgemeinen durch die Aehnlichkeit entweder des Gedankens oder der äussern Form an Gedichte Tibull's und Ovid's zu erinnern scheinen:

Prop. 4, 1, 21:

At mihi quod vivo detraxerit invida turba,
    Post obitum duplici fenore reddet Honos

Ov. Am 1, 15, 39:

Pascitur in vivis Livor. post fata quiescit,
    Cum suus ex merito quemque tuetur honos

Prop. 4, 1, 49:

Quod non Taenariis domus est mihi fulta columnis,
    Nec camera auratas inter eburna trabes

Tib. 3, 3, 13:

Quidve domus prodest Phrygiis innixa columnis,
    Taenare sive tuis, sive Caryste tuis

16:

Aurataeque trabes

Zum Versausgange *innixa columnis* vergleiche noch Ov. ex P. 3, 2, 49:

Templa manent hodie vastis innixa columnis

Doch kehren wir nach dieser Abschweifung wieder zu unserem ursprünglichen Thema zurück. Wenn nun der Dichter so mächtig ist, so ist auch kein Grund, ihn dem Reicheren nachzusetzen. Daher treffen wir denn die oben besprochene Wendung häufig in diesem Zusammenhange. Die Liebe ist aber überhaupt nicht um Geld zu verkaufen. Derartige Ermahnungen oder Klagen über diese Verirrung sind zu stehenden Wendungen in der Elegie geworden: Tib. 1, 4, 67. 1, 5, 47. 1, 9, 11. 2, 3, 49. 2, 4, 33 ff. Prop. 3, 8, 15. 4, 12. Ov. Am. I, 10, 11. u. ö. Hier ist die verwandte Verwünschung der Geschenke bemerkenswerth in:

Tib. 1, 9, 11:

Muneribus meus est captus puer. at deus illa
In cinerem et liquidas munera vertat aquas

Prop. 3, 8, 15:

Ergo muneribus quivis mercatur amorem?

45:

Haec videam rapidas in vanum ferre procellas,
Quae tibi terra, velim, quae tibi fiat aqua

Das Verkaufen der Güter, um die habsüchtige Geliebte zu befriedigen, wird ähnlich erwähnt in:

Tib. 2, 4, 54:

Ite sub imperium sub titulumque, Lares

Ov. R. A. 302:

Sub titulum nostros misit avara lares

Daher auch der Hass der Dichter gegen kuppelnde Personen. Bei Tibull finden wir diese Wendung zweimal, aber nur als Theil einer Elegie: 1, 5, 48 und 2, 6, 44. Properz und Ovid haben sie in ihrer Art zu einem ganzen Gedichte ausgesponnen: Prop. 5, 5. Ov. Am. 1, 8. Die erstere Elegie nennt Gruppe [1]) richtig „ein Gedicht, welches tibullischem Ungestüm sehr nahe kommt". Nicht ganz ohne Interesse sind die Verwünschungsformeln Tib. 1, 5, 50 ff. Prop. 5, 5, 2. Ov Am. 1, 8, 113.

Aus dem nämlichen Grunde hält der Dichter auch auf Geld und Gut wenig und ebenso auf die Mittel, die Reich-

1) S. 301.

thum verschaffen. Er bekennt darum offen seine Verhältnisse und das Geld ist ihm sogar die Ursache alles Unheils. Vgl. z. B. Tib. 1, 1, 1 ff. 1, 10, 7 ff. 2, 3, 36 ff. 3, 3, 3 ff. Prop. 3, 19, 22. 3, 32, 55. 4, 6, 1 ff. Ov. Am I, 3, 9. A. A. 3, 541. Als einigermassen vergleichbare Verse stelle ich bei dieser Gelegenheit zusammen:

Tib. 2, 3, 42:

Ut multa innumera iugera pascat ove

Tib. 3, 3, 5:

Aut ut multa mei renovarent iugera tauri

Prop. 4, 4, 5:

Nec mihi mille iogis Campania pinguis aratur

Prop. 5, 1, 129:

Nam tua cum multi versarent rura iuvenci

Ov. Am. 1, 3, 9:

Nec meus innumeris renovatur campus aratris

Hier schalte ich auch, nur mit Rücksicht auf die äussere Form, die Verse ein:

Tib. 1, 1, 2:

Et teneat culti iugera multa soli

Ov. Fast. 3, 192:

Jugeraque inculti pauca tenere soli

Tib. 1, 10, 7:

Divitis hoc vitium est auri . . .

4:

Tum brevior dirae mortis aperta via est

Prop. 4, 6, 1:

Ergo sollicitae tu causa, pecunia, vitae es:
Per te inmaturum mortis adimus iter

Der Versanfang in

Tib. 2, 3, 38:

Hinc cruor, hinc caedes

begegnet auch:

Ov. Fast. 6, 599:

Hinc cruor, hinc caedes

Vgl. Ov. Trist. 1, 11, 32:

Quam cruor et caedes

In diese Gedankenreihe gehört auch die Wendung: Was nützt dem Reichen und Unbekümmerten sein Schlaf, wenn er nicht durch Liebe erfreut wird? Tib. 1, 2, 75. 1, 8, 39. Prop. 1, 14, 15 ff. Ov. Am. 2, 9, 39. 2, 10, 15. Ueber das Lager vgl. die ähnlichen Stellen:

Tib. 1, 1, 44:

Sei licet et solito membra levare toro

Ov. Am. 1, 5, 2:

Adposui medio membra levanda toro

Tib. 1, 1, 43:

Parva seges satis est, satis est, requiescere lecto

Prop. 1, 8, 33:

Illa vel angusto mecum requiescere lecto

Unter den Mitteln, sich Reichthum und Ruhm zu erwerben, spielt der Krieg keine geringe Rolle. Desswegen sind die Dichter auch ihm abgeneigt. Ich erinnere hier im Vorbeigehen nur an Tib, 1, 2, 65 ff., um den Vers:

66:

Maluerit praedas stultus et arma sequi

zusammenzuhalten mit:

Ov. Am. 1, 15, 4:

Praemia militiae pulverulenta sequi

Ov. Am. 3, 8, 26:

Sed trepidas acies et fera castra sequi

Von andern auf den Krieg sich beziehenden Stellen können, als im Aeussern ähnlich, noch erwähnt werden:

Tib. 1, 1, 3:

Quem labor assiduus vicino terreat hoste

Ov. ex P. 4, 9, 82:

Et quam vicino terrear hoste, roga

Tib. 1, 10, 31:

Ut mihi potanti possit sua dicere facta
Miles et in mensa pingere castra mero

Ov. Her. 1, 31:

Atque aliquis posita monstrat fera praelia mensa,
Pingit et exiguo Pergama tota mero

Der Dichter ist mit ganz anderen Kämpfen beschäftigt, er ist im Dienste des Amor; diese Vergleichung des Liebelebens mit dem Kriegsdienste ist häufig.

Tib. 1, 1, 75:

Hic ego dux milesque bonus

Prop. 3, 15, 34:

Hic ego Pelides, hic ferus Hector ego

Ov. Fast. 2, 9:

Haec mea militia est

Ov. A. A. 2, 233:

Militiae species amor est

Prop. 5, 1, 137:

Militiam Veneris blandis patiere sub armis

Ovid hat dann diesen Gedanken in allen Einzelheiten durchgeführt in der Elegie

Am. 1, 9:

Militat omnis amans

Für die Verse 15 und 16 dieser Elegie:

Quis nisi vel miles vel amans et frigora noctis
Et denso mixtas perferet imbre nives?

begegnen wir einer Analogie in

Tib. 1, 2, 29:

Non mihi pigra nocent hibernae frigora noctis,
Non mihi, cum multa decidit imber aqua

Hier kommen wir wieder auf das Thema der Opfer, die der Liebende zu bringen hat. Es handelt sich nicht bloss darum, wie wir oben gesehen, dem geliebten Gegenstande alle Gefälligkeiten zu erweisen, der Liebende ist auch noch zu Schlimmerem bereit:

Tib. 1, 9, 21:

. . . . . . et pete ferro
Corpus et intorto verbere terga seca

Tib. 2, 3, 80:

Non ego me vinclis verberibusque nego

Tib. 3, 4, 66:

Saevus Amor docuit verbera saeva pati

Ov. A. A. 2, 533:

Nec maledicta puta, nec verbera ferre puellae
Turpe

Ohne Bezug auf diesen Zusammenhang nenne ich hier noch als für die Form beachtenswerthe Verse:

Prop. 1, 1, 27.:

Fortiter et ferrum saevos patiemur et ignes.

Ov. Her. 19, 183:

Ut valeant aliae, ferrum patiuntur et ignes

Eine Unbequemlichkeit des Liebelebens sind auch die einsamen, schlaflosen Nächte.

Tib. 2, 4, 11:

Nunc et amara dies et noctis amarior umbra est

Ov. Her. 12, 169:

Non mihi grata dies, noctes vigilantur amarae

Prop. 1, 1, 33:

In me nostra Venus noctes exercet amaras

Prop. 5, 3, 29:

At mihi cum noctes induxit vesper amaras

Tib. 1, 2, 76:

. cum fletu nox vigilanda venit

Prop. 4, 14, 2:

Nec veniat sine te nox vigilanda mihi

Grosse Qual bereitet ferner die verschlossene Thüre der Geliebten — ein wieder sehr häufig gebrauchtes Motiv. Besonders zu beachten sind Tib. 1, 2, 6 ff. Prop. 1, 16, 17 ff. Ovid behandelt den Stoff wieder ganz regelrecht in einer ganzen Elegie und richtet seine Anrede in etwas mehr nüchterner Weise an den Janitor, nicht an die Thüre selbst: Am. 1, 6. In diesem Gedichte ist auch die Wendung erwähnenswerth, wie der ungeduldig Harrende durch jedes Geräusch getäuscht wird; das Motiv ist auch aus unseres Schillers „Erwartung“ bekannt genug und ich kann mich nicht enthalten, einen, streng genommen, nicht hieher gehörigen Vergleich in dieser Beziehung anzustellen:

Ov. Am. 1, 6, 49:

Fallimur, an verso sonuerunt cardine postes,
Raucaque concussae signa dedere fores?
Fallimur, inpulsa est animoso ianua vento

Schiller:

Hör' ich das Pförtchen nicht gehen?
Hat nicht der Riegel geklirrt?
Nein, es war des Windes Wehen

Vergleiche noch Ov. Her. 18, 53. Für Ovid mag vielleicht wohl Tib. 1, 8, 65 Vorbild gewesen sein.

Als ähnliche Verse für die oben besprochene Erscheinung:

Tib. 1, 2, 6:

Clauditur et dura ianua firma sera

Tib. 1, 8, 76:

Quaecunque opposita est ianua dura sera

Ov. A. A. 2, 244:

Atque erit opposita ianua fulta sera

Tib. 1, 5, 67:

Heu canimus frustra, nec verbis victa patescit
Janua

Ov. Am. 3, 8, 24:

Ad rigidas canto carmen inane fores

Tib. 2, 6, 12:

Excutiunt clausae fortis verba fores

Ov. Am. 2, 1, 22:

Mollierunt duras lenia verba fores

Vgl. Prop. 1, 5, 14:

Cum tibi singultu fortia verba cadent

Das geräuschlose Oeffnen der Thüre in:

Tib. 1, 6, 12:

Cardine tunc tacito vertere posse fores

Ov. Met. 14, 782:

Nec strepitum verso Saturnia cardine fecit

Besonders ist es der eifersüchtige Gemahl der Geliebten, der die Thüre verschliesst und das Haus mit Wachen versieht; so schon in der oben besprochenen Stelle Tib. 1, 2. Daher die verschiedenartigsten Anreden an ihn, oft im entgegengesetztesten Sinne, aber nicht selten mit äusserer Aehnlichkeit:

Tib. 1, 6, 15:

At tu, fallacis coniunx incaute puellae,

Ov. Am. 2, 19, 37:

At tu formosae nimium secure puellae

Tib. 1, 2, 5:

Nam posita est nostrae custodia saeva puellae

Ov. Am. 3, 4, 1:

Dure vir, inposito tenerae custode puellae

Tib. 1, 6, 33:

Quid tenera tibi coniuge opus? tua si bona nescis
Servare, frustra clavis inest foribus

Ov. Am. 3, 4, 6:

Nec custodiri, ni velit, illa potest
Nec corpus servare potes, licet omnia claudas

Eine für den Charakter und die Entwicklung der ovidischen Poesie lohnende Vergleichung ist hier Tib. 1, 6, 15 ff. und Ov. Am. 2, 19, aus welchen Stellen wir schon Verse notirt haben. Tibull eifersüchtig gemacht von der Entdeckung, dass Delia immer tiefer in Leichtsinn gerathe, identificirt sein Interesse mit dem des Gatten, mahnt diesen zur Vorsicht und entdeckt ihm alle Schliche der Liebenden; Ovid thut dasselbe, aber aus einem anderen Grunde: damit das Verhältniss mehr pikant werde und die Hindernisse seine Liebe nicht erkalten lassen. Hier auch noch die entsprechenden Stellen vom Bellen der Hunde beim nächtlichen Herumschleichen des Verliebten:

Tib. 1, 6, 31:

Ille ego sum, ...
Instabat tota cui tua nocte canis

Ov. Am. 2, 19, 30:

Incipe, ...
Quaerere, quid latrent nocte silente canes

Wo nun solche Hindernisse obwalten, sind geheime Liebeszeichen nothwendig. Wir haben schon früher gesehen, wie Ovid die hieher bezügliche Hauptstelle Tibull's fast wörtlich citirt und die Stellen seiner erotischen Gedichte, in denen er dieses Motiv ausführt, sind alle jener mehr oder weniger ähnlich. Es kehren immer die nämlichen Regeln zurück, oft auch in anklingenden Ausdrücken. Ovid hat auch hier wieder das, was bei Tibull doch immer nur Theil einer Elegie ist, zu einem ganzen Gedichte erweitert in Am. I, 4. Ich gebe hier zuerst die besonders zu vergleichenden Stellen und füge dann nur die auffallendsten Versähnlichkeiten an: Tib. 1, 2, 20.[1]) 1, 6, 17 ff. Ov. Am. 1, 4. 2, 5, 15 ff. A A. 1, 570 ff Her 16, 76 ff.

Tib. 1, 2, 21:

Illa viro coram nutus conferre loquaces
Blandaque compositis abdere verba notis

Ov. Am. 1, 4. 17:

Me specta nutusque meos vultumque loquacem:
Excipe furtivas et refer ipsa notas

Ov. Am. 3, 11, 24:

Verbaque conpositis dissimulata notis

Vgl. Ov. ex P. 3, 3, 58.

Tib. 1, 6, 18:

Neve cubet laxo pectus aperta sinu

Ov. Fast. 1, 408:

Altera dissuto pectus aperta sinu

Für Ovid noch besonders:

Am. 1, 4, 32:

Et qua tu biberis, hac ego parte bibam

A. A. 1, 570:

. quaque bibit parte puella, bibas

---

1) Den 19. Vers dieser Elegie kann man mit Ov. Am. 3, 1, 51 zusammenhalten. Vgl. Lucian Müller: Die handschriftliche Ueberlieferung des Tibullus im Mittelalter. Neue Jahrb. f. Philologie und Pädagogik 1869. 1. Heft. S. 67.

Her. 16, 80:

. quaque bibi, tu quoque parte bibis

Tibull, indem er davon spricht, dass das leichtsinnige Mädchen die ihm vom Dichter gelehrten Kunstgriffe missbraucht, ruft aus:

1, 6, 10:

. heu heu nunc premor arte mea

Vergleiche damit die Verse:

Ov. Am. 2, 18, 20:

Ei mihi, praeceptis urgeor ipse meis

Ov. Am. 2, 19, 34:

Ei mihi, ne monitis torquear ipse meis

Ov. Am. 1. 4, 46:

Exemplique metu torqueor ecce mei

Aus Tib. 1, 6 ist noch

67:

. . . . quamvis non vitta ligatos
Impediat crines nec stola longa pedes

interessant für die Fassung der Stellen Ovid's:

ex P. 3, 3, 51:

. . . quarum nec vitta pudicos
Contingit crines, nec stola longa pedes

A. A. 1, 31:

Este procul, vittae tenues, insigne pudoris,
Quaeque tegis medios instita longa pedes

Trist. 2, 247, wo die vorhergehende Stelle wörtlich citirt wird.

Ferner bildet eine Unannehmlichkeit für den Liebenden der Streit, der manchmal mit dem Mädchen sich entspinnt. Stehend ist dann fast immer die Wendung oder die Ermahnung, sich wenigstens an dem geliebten Gegenstande nicht zu vergreifen. Als Hauptstellen sind zu bemerken: Tib 1, 6, 73. 1, 10, 59 ff. 2, 5, 101. Prop. 2, 5, 21. Bei Ovid wieder eine vollständige Elegie Am. 1, 7. Ausserdem vergleiche Am. 2, 5, 45. A. A. 3, 567. 2, 169. Unter den vielen ähnlichen Zügen erwähne ich nur die Verwünschung der Hand, die sich an die Geliebte gewagt Tib. 1, 6, 74. 1, 10, 56. Ov. Am. 1, 7, 23 und notire einige anklingende Verse:

Tib. 1, 10, 63:

. . . . quater ille beatus
Quo tenera irato flere puella potest

Ov. A. A. 2, 447:

O quater et quotiens numero conprendere non est
Felicem, de quo laesa puella dolet

Tib. 1, 10, 61:

Sit satis e membris tenuem perscindere vestem

Prop. 2, 5, 21:

Nec tibi periuro scindam de corpore vestem

Ov. A. A. 3, 569:

Nec scindet tunicasve suas tunicasve puellae

Tib. 1, 10, 55:

Flet teneras subtusa genas

Ov. Am. 2, 5, 46:

Et fuit in teneras impetus ire genas

Ov. Am. 1, 7, 50:

Ferreus ingenuas ungue notare genas

Ov. A. A. 3, 568:

Nec dominae teneras adpetet ungue genas

Ov. A. A. 2, 452:

Ille ego sim, teneras cui petat ungue genas

Vergleiche noch für die Form:

Ov. Am. 2, 6, 4:

Et rigido teneras ungue notate genas

Dagegen ist auch hier wieder der Liebende darauf gefasst, alles Aehnliche von Seite des Mädchens zu erdulden. Vgl. Tib. 1, 6, 71. Prop. 4, 7, 5. Ov. A. A. 2, 451. Her. 19, 81.

Man halte nur überall die ersten Verse zusammen:

Tib.:

. . . . ducarque capillis

Prop.:

Tu vero nostros audax invade capillos

Ov.:

Ille ego sim, cuius laniet furiosa capillos

Ov.:

Ipsa meos scindas licet inperiosa capillos

Als auf die Ausdauer des Verliebten bezügliche Stellen füge ich gleich hier noch an:

Tib. 1, 5, 62:

Primus et in tenero fixus erit latere

Ov. Am. 3, 11, 17:

Quando ego non fixus lateri patienter adhaesi

Zu allen diesen Leiden gesellen sich dann noch die Vorwände der schmollenden oder listigen Geliebten, besonders der oft erwähnte Kopfschmerz. Ueber letzteren vergleiche besonders Tib. 1, 6, 36. Ov. Am. 1, 8, 73. 2, 19, 11.

Wie oft kann man sich auch sonst auf ihre Worte nicht verlassen:

Tib. 1, 6, 7:

Illa quidem tam multa negat, sed

Vergleiche als Versähnlichkeit:

Ov. Fast. 6, 557:

Ipsa quidem fecisse negat, sed

Für das natürlich häufig vorkommende Motiv der Eifersucht nur die Verse:

Tib. 1, 5, 17:

Omnia persolvi: fruitur nunc alter amore

Ov. Her. 6, 75:

Vota ego persolvam? votis Medea fruetur?

Tib. 2, 6, 51:

. . . tunc mens mihi perdita fingit,
Quisve meam teneat, quot teneatve modis

Ov. Am. 2, 8, 27:

Quoque loco tecum fuerim, quotiensque, Cypassi,
Narrabo dominae, quotque quibusque modis

Mit dem Ausdruck in den zwei letzten Stellen kann man zum Theil noch zusammenhalten:

Ov. ex P. 4, 7, 46:

Quotque neci dederis, quosque, quibusque modis

Bezüglich der eng mit der Eifersucht zusammenhängenden Verwünschung Tibull's:

1, 9, 57:

Semper sint externa tuo vestigia lecto

sind formell beachtenswerth die Stellen:

Prop. 2. 9, 45:

Nec domina ulla meo ponet vestigia lecto

Ov. Am. 1, 8, 97:

Ille viri videat toto vestigia lecto

Die von der Eifersucht dictirte Drohung ähnelt sich in:

Tib. 1, 9, 13:

Jam mihi persolvet poenas

Prop. 2, 5. 3:

. . . dabis mihi, perfida, poenas

Um nicht zu ermüden, notire ich ohne weitere Bemerkungen noch zwei zur dunkleren Seite des Liebelebens gehörige Phrasen:

Tib. 3, 1, 20:

. . an toto pectore deciderim

Ov. Her. 2, 105:

Utque tibi excidimus[1])

Tib. 3, 1, 23:

Haec tibi vir quondam, nunc frater, casta Neaera

Ov. Her. 8, 28:

Et, si non esses vir mihi, frater eras?

---

1) excido in der Bedeutung „dem Gedächtnisse entfallen, in Vergessenheit gerathen" ist bekanntermassen in Prose und Poesie sehr geläufig. Ich habe diese zwei Stellen nur darum citirt, um auch die Anwendung der Phrase auf das Liebeleben zu belegen. Ausschliesslich mit Rücksicht auf die Form wäre mit Tib. 3. 1, 20 eher Ov. ex P. 2, 4, 24 zu vergleichen.

Die Liebenden kommen auch gar so leicht in's Geredä der Leute:

Tib. 1, 4, 83:

. . . ne turpis fabula fiam

Ov. A. A. 2, 630:

. . . fabula turpis erit[1])

Was Wunder also, wenn bei allen diesen Leiden der Dichter manchmal in bittre Klagen ausbricht und den Gottheiten der Liebe darüber Vorwürfe macht, dass sie ihre Diener und Verehrer derart plagen können; dabei begegnet auch die Wendung: „Welchen Ruhm bringt es einem Gotte, einen armen Menschen, der noch dazu nicht an Widerstand denkt, zu verwunden und ihm listige Fallen zu legen?" Tib. 1, 2, 97. 1, 6, 3. Ov. Am. 2, 9. Vgl. Prop. 3, 3, 17.

Tibull wünscht einmal in einem Anfalle von Unmuth: 2. 4, 8:

Quam mallem in gelidis montibus esse lapis

Für die Fassung ist zu vergleichen:

Ov. ex P. 1, 2, 36:

Ille ego sum, frustra qui lapis esse velim

Zum Ausdrucke der durch Liebe verursachten Abmagerung:

Prop. 3, 15, 21:

Sed tibi si exiles videor tenuatus in artus

Ov. Am. 1, 6, 5:

Longus amor tales corpus tenuavit in usus

Doch nicht immer ist das Leben des Liebenden so düster; es hat auch seine Lichtpunkte, die dann alle jene Schmerzen vergessen machen. Was vorerst die Gottheiten anbelangt, so sind sie, wenn sie den Liebhaber auch manchmal schwer prüfen, doch immer wieder seine Freunde und Beschützer. Vorzüglich ist es der Kühne, der sich ihres besonderen Schutzes erfreut:

1) Zu fabula in diesem Sinne vgl. noch besonders: Tib. 2, 3, 31. Hor. Epod. 11, 8. Ep. 1, 13, 9.

Tib. 1, 2, 16:

Audendum est: fortes adjuvat ipsa Venus

Ov. A. A. 1, 608:

. . audentem Forsque Venusque iuvat

Ov. Met. 10, 586:

Audentes deus ipse iuvat

Ov. Fast. 2, 782:

Viderit, audentes forsne deusne iuvet

Daher dann auch die zwei Wendungen: „Liebe verleiht Muth“ und: „Der Liebende kann überall sicher sein, da er von Niemanden verfolgt wird“. Vgl. bes. Tib. 1, 2, 22; 25. Prop. 4, 15, 11. Ov. Am. 1, 6, 7 ff.

Ja nicht einmal verrathen werden darf der nächtlich herumstreifende Verliebte von denen, die ihm begegnen; sonst folgt schwere Strafe der Venus:

Tib. 1, 2, 34:

. celari vult sua furta Venus

39:

Nam fuerit quicunque loquax

In einem anderen Zusammenhange, aber für Form und Gedanken interessant die Verse bei Ovid:

A. A. 2, 607:

Praecipue Cytherea iubet sua sacra taceri:
Admoneo, veniat nequis ad illa loquax

Für die Fassung der Stelle:

Tib. 1, 2, 37:

Siquis et imprudens aspexerit, . .
Perque deos omnes se meminisse neget

Vgl. Prop. 3, 10, 3:

Si quid vidisti, semper vidisse negato

Auf nächtliche Liebeswanderung bezieht sich auch die malende Wendung in:

Tib. 2, 1, 78:

Explorat caecas cui manus ante vias

Ov. Met. 1[11], 155:

. . . . . altera motu
Caecum iter explorat

Aber nicht nur der Muth, sondern auch die dichterische Kraft wird durch das Mädchen allein angeregt. Als analoge Verse bemerke ich hier:

Prop. 2, 1, 4:

Ingenium nobis ipsa puella facit

Ov. Am. 2, 17, 34:

Ingenio causas tu dabis una meo

Wie kann es auch anders sein, da die Geliebte in den verschiedensten Situationen gefällt und dem Dichter immer neuen Stoff an die Hand gibt? Auch hier wieder ist die allgemeine äussere Form fast stehend geworden, besonders die Anreihung durch seu — seu. Zum Beispiele:

Tib. 4, 2, 9:

Seu solvit crines, fusis decet esse capillis:
Seu compsit, comptis est veneranda comis.
Urit, seu Tyria voluit procedere palla:
Urit, seu nivea candida veste venit

Prop. 2, 1, 7:

Seu vidi ad frontem sparsos errare capillos,
Gaudet laudatis ire superba comis:
Sive illam Cois fulgentem incedere coccis,
Hoc totum e Coa veste volumen erit

Ov. Am. 2, 4, 41:

Seu pendent nivea pulli cervice capilli,
Leda fuit nigra conspicienda coma:
Seu flavent

Die citirte Elegie Ovid's unterscheidet sich übrigens bezüglich des Gedankens insoferne, als sie nicht von einer Geliebten handelt, sondern den Gedanken ausdrückt, dass für den Dichter eben jedes Mädchen gefährlich sei; man könnte sie daher eine Ausführung der Wendung Tibull's 1,

4, 10 ff. nennen. In dieser Beziehung sind auch die Verse nennenswerth:

Tib. 1, 4, 10:

Nam causam iusti semper amoris habent

Ov. Am. 2, 4, 10:

Centum sunt causae, cur ego semper amem

Den Vers 14 aus dem betreffenden Gedichte Tibull's

Virgineus teneras stat pudor ante genas

notire ich, um daran einige Stellen Ovid's anzureihen, die auch von der Scham handeln und deren Vergleichung unter sich nicht unlohnend ist:

Ov. Trist. 4, 3, 70:

Purpureus molli fiat in ore rubor

Ov. Am. 2, 5, 34:

Conscia purpureus venit in ora pudor

Ov. A. A. 2, 556:

Ne fugiat victo laesus ab ore pudor

Ov. Her. 4, 72:

Flava verecundus tinxerat ora rubor

Ov. Am. 3, 6, 78:

Desint famosus quae notet ora pudor

Ov. ex P. 4, 9, 92:

Ille vetus solito perstat in ore pudor

Ov. Met. 1, 484:

Pulchra verecundo suffunditur ora rubore [1])

Doch, um von der Abschweifung zurückzukehren, verweise ich unter den oben angegebenen Stellen noch ganz besonders auf Prop. 2, 1, 16 und Ov. Am 2, 4, 44 und stelle den Vers

Tib. 4, 2, 10:

. . . comptis est veneranda comis

zusammen mit

Ov. Am. 1, 1, 20:

. . aut longas compta puella comas

1) Den hier von Ovid so oft gebrauchten Versausgang haben wir schon bei Catull gefunden. S. oben S. 58.

Will es der Dichter dann dem Mädchen auch bekennen, wie sehr es ihm gefalle, so hat er, wie es scheint, eine fast stereotype Formel:

Tib. 4, 13, 3:

Tu modo sola places

Prop. 2, 7, 19:

Tu mihi sola places

Ov. A. A. 1, 42:

Elige cui dicas ‚tu mihi sola places'

Um zu gefallen, dient auch die Toilette; ich stelle bei dieser Gelegenheit einfach einige Verse hieher, die sich entweder direct auf diese beziehen oder die nur bezüglich der Form anklingen:

Tib. 1, 8, 12:

Artificis docta subsecuisse manu

Ov. A. A. 1, 300:

Fertur inadsueta subsecuisse manu

Ov. A. A. 1, 518:

Sit coma, sit docta barba resecta manu

Ov. Trist. 5, 7, 18:

Non coma, non ulla barba resecta manu

Tib. 1, 8, 9:

Quid tibi nunc molles prodest coluisse capillos

Prop. 1, 2, 1:

Quid iuvat ornato procedere, vita, capillo

Ov. Her. 13, 31:

Nec mihi pectendos cura est praebere capillos

Ov. Met. 13, 738:

Cui dum pectendos praebet Galatea capillos

Höchstes Ziel des Liebenden ist Kuss und Vereinigung; die für den Ausdruck erwähnenswerthen Stellen sind:

Tib. 1, 8, 38:

. et in collo figere dente notas

Ov. Am. 1, 7, 42:

Et collo blandi dentis habere notam

Ov. Am. 3, 14, 34:

Collaque conspicio dentis habere notam

Tib. 1, 2, 73:

Et te dum liceat teneris retinere lacertis

Ov. Am 1, 13, 5:

Nunc iuvat in teneris dominae iacuisse lacertis

Tib. 1, 8, 26:

. sed femori conseruisse femur

Ov. Her. 2, 58:

. et lateri conseruisse latus

Ov. Her. 18, 188:

Molle latus lateri composuisse tuo

Ov. Am. 3, 14, 22:

Nec femori inpositum sustinuisse femur

Vgl. Am. 1, 4, 43.

Ovid, von heissen Küssen sprechend, sagt:

Am. 2, 5, 25:

Qualia non fratri tulerit germana severo,
Sed tulerit cupido mollis amica viro

Für die Wendung vergleiche man:

Tib. 3, 4, 51:

Tantum cara tibi, quantum nec filia matri,
Quantum nec cupido bella puella viro

Mit Rücksicht auf die Wortstellung im Pentameter auch:

Prop. 1, 6, 10:

Quae solet ingrato tristis amica viro

Zum Schlusse hier noch die Aufforderung:

Tib. 4, 3, 21:

Et celer in nostros ipse recurre sinus

Prop. 4, 19, 10:

. . in nostros curre, puella, toros

Von vereinzelten Wendungen, die zu keiner der besprochenen Gruppen gehören, erinnere ich nur an zwei der auffallendsten, welche sich auf das dritte Buch Tibull's und auf Ovid beziehen, nämlich an die bekannte Angabe des Geburtsjahres in:

Tib. 3, 5, 17:

Natalem primo nostrum videre parentes,
Cum cecidit fato consul uterque pari

Ov. Trist. 4, 10, 5:

Editus hinc ego sum, nec non ut tempora noris,
Cum cecidit fato consul uterque pari

und an die Beschreibung des Buches in Tib. 3, 1, 9 ff. und Ov. Trist 1, 1, 5 ff. Es sind dies übrigens zwei schon von Gruppe angeführte Stellen, auf dessen Werk ich hier überhaupt für das Material des sog. dritten Buches Tibull's verweise. (S. 128–132)[1]).

Da wir nun im Laufe dieser Besprechung auch schon öfter Gelegenheit hatten, Beispiele für den Fall anzuführen, dass eine tibullische Wendung sich bei Ovid zu einer vollständigen Elegie gestaltet, und weil wir die Dichtung Tibull's 2, 5 der Einfachheit wegen mit den römischen Elegieen des Propertius behandeln werden, können wir hiemit abschliessen.

Jch gebe daher nur noch jene der anklingenden Verse, die sich in keinen der obigen Abschnitte leicht einreihen liessen:

Tib. 2, 5, 3:

Nunc te vocales impellere pollice chordas

Ov. Met. 10, 145:

Ut satis inpulsas temptavit pollice chordas

Ov. Met. 5, 339:

Calliope querulas praetemptat pollice chordas

---

1) So dankenswerth diese Sammlung an sich ist, so wenig kann man bekanntlich mit den von Gruppe daraus gezogenen Folgerungen einverstanden sein. Vgl. Hertzberg, Hall. Jahrb. 1839. I. S 1019. Teuffel, Einleitung zur Uebersetzung Tibull's. S. 46. Letzterer hat auch schon treffend hingewiesen auf die Unrichtigkeit der Worte Gruppe's S. 132: „Es ist wahr, Ovid hat auch Anklänge an Virgil und Tibull, allein viel verschämtere, die gegen die angeführten des dritten Buches gar nicht in Betracht kommen können“ und durch ein paar Beispiele gezeigt, dass Ovid ganz ebenso auch die Gedichte des Tibull benützt hat. Vorliegende Abhandlung, hoffe ich, wird sowohl diese Behauptung Teuffel's noch mehr bestätigen als seine Ansicht, dass alle diese Erscheinungen nur ein Beweis sind von dem „ausserordentlichen Gedächtnis“ Ovid's und seiner „Leichtfertigkeit“ im Versemachen. (Einl. S. 45.)

Ov. Am. 3, 4, 27:

Haec querulas habili percurrit pollice chordas

Tib. 1, 7, 8:

Portabat niveis currus eburnus equis

Ov. ex P. 2, 8, 50:

Purpureus niveis filius instet equis

Ov. A. A. 1, 214:

Quattuor in niveis aureus ibis equis

Ov. Fast. 6, 724:

Vectus es in niveis, Postumie, victor equis

Ov. R. A. 258:

Ut solet, in niveis Luna vehetur equis

Tib. 1, 5, 76:

. . in liquida nat tibi linter aqua

Vgl. Tib. 2, 5, 34:

Exiguus pulla per vada linter aqua

Ov. Fast. 2, 864:

Naviget hinc alia iam mihi linter aqua

Tib. 1, 3, 91:

Tunc mihi, qualis eris, longos turbata capillos

Ov. Met. 4, 474:

Tisiphone canos, ut erat, turbata capillos

Tib. 1, 3, 36:

Tellus in longas est patefacta vias

Ov. Am. 2, 16, 18:

Si fuit in longas terra secanda vias

Tib. 1, 9, 26:

Ederet ut multo libera verba mero

Ov. Trist. 3, 5, 48:

Lapsaque sunt nimio verba profana mero

Tib. 2, 1, 10:

Lanificam pensis imposuisse manum

Ov. Her. 9, 76:

Rasilibus calathis inposuisse manum

Tib. 1, 9, 43:

. . venit tibi munere nostro

Ov Met. 7, 93:

. . . servabere munere nostro

Ov. Met. 8, 502:

. . . . Vixisti munere nostro

Tib. 4, 1, 125:

Curva nec assuetos egerunt flumina cursus

Ov. Am. 3, 6, 95:

Aut lutulentus agis brumali tempore cursus

Tib. 3, 6, 15:

Armenias tigres et fulvas ille leaenas

Ov. Met. 15, 86:

Armeniaeque tigres iracundique leones

Tib. 2, 4, 42:

Nec quisquam flammae sedulus addat aquam

Ov. R. A. 552:

Inque suas gelidam lampadas addit aquam

Tib. 1, 4, 54:

. . sed tamen apta dabit

Ov. Fast. 1, 393:

. . . sed tamen apta deo

Ov. A. A. 1, 446:

. . . sed tamen apta dea est

Tib. 1, 10, 12:

. nec audissem corde micante tubam

Ov. Fast. 6, 338:

Et fert suspensos corde micante gradus

Ov. A. A. 3, 722:

Pulsantur trepidi corde micante sinus [1])

Tib. 3, 3, 19:

Et quae praeterea populus miratur? in illis
Invidia est: falso plurima vulgus amat

---

1) Klotz citirt in seinem Wörterbuche s. v. mico mehrere Stellen für diesen Gebrauch, aber die obigen Verse Ovid's sind ihm entgangen.

Ov. Am. 1, 15, 35:

Vilia miretur vulgus. mihi flavus Apollo

Tib. 2, 1, 27:

Nunc mihi fumosos veteris proferte Falernos
Consulis et Chio solvite vincla cado

Ov. Fast. 5, 518:

Promit fumoso condita vina cado

Tib 1, 2, 39:

. . . . is sanguine natam,
Is Venerem e rapido sentiet esse mari

Ov. Met. 1, 162:

. . . scires e sanguine natos

Tib. 2, 6, 42:

Non ego sum tanti, ploret ut illa semel

Ov. Her. 7, 45:

Non ego sum tanti, quod non verearis, inique

Ov. Trist. 2, 209:

Nam non sum tanti, renovem ut tua vulnera, Caesar

Tib. 2, 6, 11:

. . sed magnifice mihi magna locuto

Ov. Met. 9, 31:

. . Puduit modo magna locutum

Tib. 1, 4, 8:

In pelagus rapidis evehat amnis aquis

Ov. A. A. 3, 386:

Nec Tuscus placida devehit amnis aqua

Auf Phrasen und Wendungen wie: Parcite luminibus (Tib 1, 2, 33; Ov. Met, 5, 248), quis furor est (Tib. 1, 10, 33; 4, 3, 7. Ov. Am. 3, 14, 7. A A. 3, 172. Met. 6, 170) und dgl. halte ich es für überflüssig, hier einzugehen, da sie doch schon zu sehr in das Gebiet der gewöhnlichen Redensarten einschlagen und darum wohl nur ganz zufällig sich in ähnlicher Weise bei unseren Dichtern wiederholen.

Es erübrigen uns jetzt nur noch jene Bemerkungen, die sich fast ausschliesslich auf das Verhältniss Ovid's zu Properz beziehen. Auf die öftere Erwähnung auch dieses Elegikers in Ovid's Werken haben wir schon oben hingewiesen. Die wichtigsten diesbezüglichen Stellen sind Trist. 4, 10, 45, woraus erhellt, dass beide Dichter sich nahe standen, und A. A. 3, 333, wo Ovid seinen Freund den Liebenden empfiehlt. Bezüglich der Kunstart des Propertius ist es geläufig genug, dass er die gräcisirende Richtung, die zum Theil schon im Elegieartigen des Catull auftrat, weiter fortsetzt und dieselbe so recht auf römischen Boden zu verpflanzen sucht; sein Ruhm ist es, der römische Callimachus zu heissen. Vgl. bes. 5, 1, 64. Das war nun auch wieder ein Feld für unseren Ovid, von dem man fast zu sagen versucht wäre, dass er sich bestrebte, alle Richtungen seiner Vorgänger auf irgend eine Weise zu seinem Eigenthume zu machen, sie durch neue Gesichtskreise zu erweitern und so die römische Elegie zu einem neuen Stadium und zu einem gewissen Abschlusse zu bringen. Betrachten wir zuerst Einiges, was gerade auf diesen Punkt Bezug hat. Ich übergehe hier die häufigen mythologischen Anspielungen, die aus Properz bekannt sind und die von Ovid oft in ganz ähnlicher Art, nur gewöhnlich in mehr verständlicher und fasslicher Weise eingestreut werden, und notire an erster Stelle die loci *ἐκ τοῦ ἀδυνάτου*, die wohl sicher nach griechischen Vorbildern entstanden sind und die wir desshalb bei Tibull vergebens suchen [1]). Zu

1) Für das Griechische verweise ich beispielshalber nur auf Eurip. Med. 410: *ἄνω ποταμῶν ἱερῶν χωροῦσι παγαί* und Dio C. l. 55 c. 13: *θᾶσσον ἴσῃ πῦρ ὕδατι μιχθήσεται, ἢ* . . Auch bei den Römern war übrigens der Gebrauch schon frühe bekannt. Vgl. Cic. phil. 13, 21, 49: Prius undis flamma, ut ait poeta nescio quis, prius denique omnia, quam . Er lässt sich dann durch viele Dichter verfolgen, aber nicht in so ausgedehntem Massstabe wie bei Properz und Ovid, und eben das ist es wieder, was wir betonen wollen. Diese weitausgesponnenen Stellen mögen wohl auf alexandrinische Muster zurückweisen. Für andere Dichter verweise ich auf: Verg. Ecl. 1, 59: Ante leves ergo pascentur in aequore

bemerken ist, dass Ovid auch hier wieder den Spielraum der Wendung sehr erweitert und oft mit fast übertriebenem Phantasiereichthum zu den verschiedensten und künstlichsten Bildern greift. Ich gebe die Hauptstellen zur Vergleichung:

Prop. 1, 15, 29:

Muta prius vasto labentur flumina ponto,
    Annus et inversas duxerit ante vices,
Quam tua

Prop. 3, 7, 31:

Terra prius falso partu deludet arantes,
    Et citius nigros Sol agitabit equos,
Fluminaque ad caput incipient revocare liquores,
    Aridus et sicco gurgite piscis erit,
Quam possim

Prop. 3, 30, 49:

Tu prius et fluctus poteris siccare marinos
    Altaque mortali deligere astra manu,
Quam facere

Prop. 4, 18, 5:

Flamma per incensas citius sedetur aristas,
    Fluminaque ad fontis sint reditura caput,
Et placidum Syrtes portum et bona litora nautis
    Praebeat hospitio saeva Malea suo,
Quam possit

Ov. Trist. 1, 8, 1:

In caput alta suum labentur ab aequore retro
    Flumina, conversis Solque recurret equis:

---

cervi, Et freta destituent nudos in litore pisces, Ante, pererratis amborum finibus, exsul Aut Ararim Parthus bibet, aut Germania Tigrim, Quam . . Hor. Od. 1, 29, 10: Quis neget arduis Pronos relabi posse rivos Montibus et Tiberim reverti: Cum tu . . Von späteren: Seneca Thyest. V, 480. Hippol. V, 568. Die Erscheinung findet sich dann wieder bei den höfischen Dichtern des Mittelalters. Vgl. J. V. Zingerle, Der Rhein und andere Flüsse in sprichwörtlichen Redensarten. Germania 1862, S. 199.

Terra feret stellas, caelum findetur aratro,
Unda dabit flammas et dabit ignis aquas

Ov. ex P. 4, 5, 41:

Nam prius umbrosa carituros arbore montes,
Et freta velivolas non habitura rates,
Fluminaque in fontes cursu reditura supino,
Gratia quam

Ov. ex P 4, 6, 45:

Et prius hic nobis nimium conterminus Hister
In caput Euxino de mare vertet iter,
Utque Thyesteae redeant si tempora mensae,
Solis ad eoas currus agetur aquas,
Quam

Ov. Her. 5, 29:

Cum Paris Oenone poterit spirare relicta,
Ad fontem Xanthi versa recurret aqua

Ov. Met. 13, 324:

Ante retro Simois fluet, et sine frondibus Ide
Stabit, et auxilium promittet Achaïa Troiae,
Quam

Ov. Am. 2, 17, 31:

Sed neque diversi ripa labuntur eadem
Frigidus Eurotas populiferque Padus,
Nec, nisi tu, nostris cantabitur ulla libellis

Ov. Met. 14, 37:

. . ,Prius' inquit ,in aequore frondes'
Glaucus ,et in summis nascentur montibus algae,
Sospite quam

Ov. Trist. 5, 13, 21:

Cana prius gelido desint absinthia Ponto,
Et careat dulci Trinacris Hybla thymo:
Immemorem quam

Ov. ex P. 4, 12, 33:

Sed prius huic desint et bellum et frigora terrae,
Invisus nobis quae duo Pontus habet:
Et tepidus boreas et sit praefrigidus auster

Ov. ex P. 2, 4, 25:

Longa dies citius brumali sidere, noxque
Tardior hiberna solstitialis erit,
Nec Babylon aestum, nec frigora Pontus habebit,
Calthaque Paestanas vincet odore rosas,
Quam tibi

Ov. Ib. 31:

Desinet esse prius contrarius ignibus humor,
Iunctaque cum luna lumina solis erunt:
Parsque eadem caeli zephyros emittet et euros,
Et tepidus gelido flabit ab axe notus:
Et nova fraterno veniet concordia fumo,
Quem vetus accensa separat ira pyra:
Et ver autumno, brumae miscebitur aestas,
Atque eadem regio vesper et ortus erit:
Quam mihi

Ov. ex P. 1, 6, 51:

Nam prius incipient turres vitare columbae,
Antra ferae, pecudes gramina, mergus aquas,
Quam

Ov. A. A. 1, 271:

Vere prius volucres taceant, aestate cicadae,
Maenalius lepori det sua terga canis,
Femina quam

Ov. ex P. 3, 3, 95:

Si dubitem, quin his faveas, o Maxime, dictis,
Memnonio cycnos esse colore putem.
Sed neque mutatur nigra pice lacteus humor,
Nec, quod erat candens, fit terebinthus, ebur

An griechische Muster scheinen mir zweitens zu erinnern Verse, wie

Prop 1, 11, 23:

Tu mihi sola domus, tu, Cynthia, sola parentes

Ov. Her. 3, 52:

Tu dominus, tu vir, tu mihi frater eras

Letztere Stelle ähnelt überhaupt in der g a n z e n Fassung Hom. Il. 6, 413 ff. Vgl. aber ganz besonders für den citirten Gedanken:

429:

. ἀτὰρ σύ μοί ἐσσι πατὴρ καὶ πότνια μήτηρ
ἠδὲ κασίγνητος, σὺ δέ μοι θαλερὸς παρακοίτης

Hieher beziehe ich auch die öftere gelehrte Erwähnung von griechischen Schriftstellern und nenne beispielsweise die Verse:

Prop. 3, 32, 41:

Desine et Aeschyleo componere verba cothurno

Ov. Am. 1, 15, 15:

Nulla Sophocleo veniet iactura cothurno

Vgl. Verg. Ecl. 8, 10:

Sola Sophocleo tua carmina digna cothurno

Nicht unähnliche Anklänge entstehen auch manchmal bei Hinweisung auf römische Dichter:

Prop. 3, 32, 87:

Haec quoque lascivi cantarunt scripta Catulli

91:

Et modo formosa quam multa Lycoride Gallus

Ov. Trist. 2, 427:

Sic sua lascivo cantata est saepe Catullo

445:

Non fuit opprobrio celebrasse Lycorida Gallo

Ob andere nicht ganz gewöhnliche Wendungen, welche Tibull fremd sind, und besonders solche, die schon ziemlich sentimental klingen, wie z. B. die vom Einschneiden des geliebten Namens in Bäume (Prop. 1, 18, 22. Ov. Her. 5, 21) ursprünglich nicht vielleicht auch auf dem Vorgange der Griechen beruhen, wage ich nicht zu entscheiden; dass übrigens das angeführte Beispiel sich auch in Vergil Ecl. 10, 53 findet, welcher Stelle die citirte Ovid's in jeder Beziehung ähnlich ist (Ov. Incisae servant a te mea nomina fagi, Et quantum trunci, tantum mea nomina crescunt. Verg. tenerisque meos incidere amores Arboribus; crescent illae, crescetis, amores), würde dieser Annahme gar nicht entgegenstehen, da Vergil in den Idyllen bekanntlich ganz auf griechischem Boden steht.

Abgesehen aber vom griechischen Ursprung ist dann überhaupt das Meiste, was Properz und Ovid nur unter sich und nicht auch mit Tibull gemein haben, mehr gesucht und städtisch. Hier finden wir den Dichter mit seinem Mädchen beim Triumphe Prop. 4, 3, 15. Ov. A. A. 1, 219, die Haare der Geliebten, die von Tibull immer nur im Vorbeigehen berührt werden und besonders die Unsitte, sie zu verkünsteln, werden hier Motiv für grössere Partieen Prop. 1, 2. 3, 11. Ov. Am. 1, 14. Diesen Dichtern genügt es dann nicht mehr, die in der römischen Poesie [1]) bekanntlich so beliebten Farbengegensätze durch zwei zusammengerückte Adjectiva auszudrücken, sondern sie führen sie durch mehrere Bilder noch weiter aus [2]); z. B.:

Prop. 2, 3, 10:

Lilia non domina sint magis alba mea;
Ut Maeotica nix minio si certet Hibero,
Utque rosae puro lacte natant folia

Ov. Am. 2, 5, 35:

Quale coloratum Tithoni coniuge caelum
Subrubet, aut sponso visa puella novo:
Quale rosae fulgent inter sua lilia mixtae,
Aut ubi cantatis Luna laborat equis,

---

1) Für Ovid vgl. meine Sammlung im Programme: De Halieuticon fragmento.

2) Damit soll aber auch wieder nicht gesagt sein, dass die Erscheinung ausschliessliches Eigenthum des Propertius und Ovidius sei; sie begegnet vielmehr in verschiedenen Literaturen und es wäre nicht unlohnend, sie überall zu verfolgen. So ist z. B. das Gleichniss vom gefärbten Elfenbein schon homerisch: Il. 4, 141. Homer wird dann von Vergil nachgeahmt Aen. 12, 67: Indum sanguineo veluti violaverit ostro Si quis ebur, aut mixta rubent ubi lilia multa Alba rosa; talis virgo dabat ore colores; das nämliche Bild kehrt hernach bei Ovid Met. 4, 332. Am. 2, 5, 40 wieder und verpflanzt sich endlich auf die höfischen Dichter des deutschen Mittelalters. Vgl. I. V. Zingerle, Farbenvergleiche im Mittelalter. Germania 9, 398.

Aut quod, ne longis flavescere possit ab annis,
Maeonis Assyrium femina tinxit ebur

Ov. Met. 4, 331:

Hic color aprica pendentibus arbore pomis,
Aut ebori tincto est, aut sub candore rubenti,
Cum frustra resonant aera auxiliaria, lunae

Ov. Met. 3, 483:

Non aliter quam poma solent, quae candida parte
Parte rubent, aut ut variis solet uva racemis
Ducere purpureum, nondum matura, colorem

In den ächten Gedichten Tibull's finden wir nichts Aehnliches; interessant ist aber die Stelle im dritten Buche: 4, 29:

Candor erat, qualem praefert Latonia Luna,
Et color in niveo corpore purpureus,
Ut iuveni primum virgo deducta marito
Inficitur teneras ore rubente genas,
Et cum contexunt amarantis alba puellae
Lilia et autumno candida mala rubent

In diese Kategorie der malenden Poesie gehört dann auch die Erscheinung der Lichtbeschreibungen, in denen schon der Mondschein seine Rolle spielt:

Prop. 1, 3, 31:

Donec diversas percurrens luna fenestras

Ov. ex P. 3, 3, 5:

Nox erat et bifores intrabat luna fenestras

Besonders bemerkenswerth ist für diese Lichteffecte auch die längere Stelle Ov. Am. I, 5, 3 ff.

Manche andere Eigenthümlichkeiten, durch welche sich unsere zwei Dichter gemeinsam von Tibull unterscheiden, fussen auf einem anderen Grunde, auf dem nämlich, dass sie schon ganz offen und unverholen auf dem schlüpfrigen Boden ihres verdorbenen Zeitalters sich bewegen. Während z. B. Tibull noch immer mit einer gewissen Pietät von den Göttern spricht, geht Properz mit ihnen eben nicht respectvoll um und noch weniger Ovid. Die Sache ist so bekannt und der Beispiele sind so viele, dass ich hier auf Einzelheiten nicht einzugehen brauche[1]). Wie sehr dann bei den beiden Dichtern in der Auffassung der Liebe jeder Nimbus von Idealität so ganz verschwindet, das beweisen uns recht auffallend Stücke wie Prop. 3, 15 und Ov. Am. 2, 10, in denen der Gedanke: „Eine genügt nicht" mit manchen ähnlichen Zügen und besonders in einem Punkte mit ziemlich nackter Offenheit durchgeführt ist. Hieher gehören auch die Triumphgedichte nach dem Liebesgenusse, wie z. B. Prop. 3, 6; Ov. Am. 2, 12.

Endlich muss ich noch mit wenigen Worten auf jene allgemeinen Aehnlichkeiten im Baue ganzer Elegieen aufmerksam machen, von denen wir schon beim Verhältniss Ovid's zu Catull gesprochen und die wir bei Tibull zu den Seltenheiten rechnen mussten. Bei Properz und Ovid entstehen sie bei Behandlung des nämlichen Stoffes natürlich wieder viel leichter, da diese Dichter, in so vielen Punkten sie sich sonst auch Tibull näherten, doch die Unnachahmbarkeit jenes eigenthümlichen Abgleitens und Hinundhereilens von einem verwandten Gedanken zum andern recht wohl eingesehen haben mögen und darum in der Regel nach einem logischen Schema arbeiten. Hieher gehörige Stellen gibt es viele und wir haben manche davon schon bei Gelegenheit und zu anderen Zwecken citirt, besonders dort, wo die Erscheinung begegnete, dass eine kleinere Wendung Tibull's bei Ovid und auch in Properz als vollständige Elegie wiederkehrt. Hier zur Erläuterung des Ganzen im Zusammenhange nur noch ein paar Beispiele, die zugleich in anderer Hinsicht für die Wahl des Stoffes und für Versanklänge nicht unwichtig erscheinen und das ganze Bild vervollständigen könnten.

Ein Motiv, das nach Vergil Ecl. 10 zu schliessen, wohl

1) Vgl. Gruppe S. 371.

auch schon von Gallus benutzt wurde und welches also in der römischen Elegie ebenfalls eine gewisse Tradition hatte[1]), scheint jenes gewesen zu sein, dass die Geliebte, um einem neuen Liebhaber zu folgen oder auch aus anderen Gründen, ihren bisherigen Verehrer verlässt und eine Reise unternimmt; auch Properz und Ovid führen es durch und zwar in vielfach entsprechender Gedankenfolge: Prop. 1, 8. Ov. Am. 2, 11. Der Gang ist im Ganzen hier wie dort dieser: Mein Mädchen will verreisen und zwar zur See; fruchten alle meine Vorstellungen und Wünsche nichts, nun so möge sie denn doch eine glückliche Fahrt haben:

Prop. 1, 8, 18:

Sit Galatea tuae non aliena viae

Ov. Am. 2, 11, 34:

Aequa tamen puppi sit Galatea tuae

Der Ausgang ist freilich etwas verschieden, aber doch nicht ganz unähnlich: bei Properz die sofortige Erhörung der Bitten, bei Ovid der Wunsch und die Aussicht auf das Wiedersehen. Als einigermassen anklingende Verse kann man in diesen Gedichten vielleicht noch vergleichen:

Prop. 30:

Destitit ire novas Cynthia nostra vias

Ov. 8:

Fallaciaque vias ire Corinna parat

Ovid beginnt bei diesem Anlasse mit einer Art Verwünschung der Schiffahrt; es ist dies gleichfalls eine beliebte Wendung, da ja die Seefahrt, abgesehen davon, dass sie die unliebsame Trennung veranlasst, überdies auch noch zu den oben besprochenen gefahrvollen Mitteln zum Erwerb des Reichthums gehört. Vgl. Tib. 2, 3, 39 Prop. 1, 17, 13. 4, 6, 29. Hor. Od. 1, 3, 9 ff. Was dann ausserdem der bei unglücklicher Fahrt vom Sturme Bedrohte ganz besonders fürchten muss, ist wieder der schreckliche Gedanke,

1) Vgl. Gruppe S. 353.

ohne die gebräuchliche Bestattung sterben zu müssen. Vgl. Prop. 1, 17, 19. 4, 6, 9. Ov. Trist. 1, 2, 55, in welchen Stellen sich manches Verwandte darbietet, wie z. B.:

Prop. 4, 6, 8:

Et nova longinquis piscibus esca natat

Ov. Trist. 1, 2, 56:

Et non aequoreis piscibus esse cibum

Eine andere Intention, die wir bei Properz und Ovid manchmal in ziemlich ähnlicher Weise entwickelt finden, ist der Gedanke, dass der Dichter durch die Liebe für jede höhere Dichtungsart unempfänglich gemacht werde. Der erste Keim zu dieser Wendung begegnet wohl schon in den Versen Tibull's 2, 4, 16 ff., ich zog es aber vor, sie hier zu besprechen, da die Ausführung für Properz und Ovid charakteristisch ist. Vorerst müssen wir an dieser Stelle die briefartigen Elegieen Prop. 1, 7 und Ov. Am. 2, 18 notiren, wo besonders die Anfänge bemerkenswerth sind:

Prop.:

Dum tibi Cadmeae dicuntur, Pontice, Thebae
Armaque fraternae tristia militiae,

5:

Nos, ut consuemus, nostros agitamus amores

Ov.:

Carmen ad iratum dum tu perducis Achillen,
Primaque iuratis induis arma viris,
Nos, Macer, ignava Veneris cessamus in umbra

Auch der Schluss, dass der erhabene Ependichter am Ende doch auch noch auf das nämliche Thema kommen werde oder könnte, ist nicht ganz verschieden.

In Prop. 4, 2 und Ov. Am. 1, 1 treffen wir eine Nüancirung des oben besprochenen Gedankens: „Ich wollte Ernsteres besingen, da mahnte mich aber eine Gottheit, auf meinem Felde zu bleiben.“ Zur Bezeichnung des Epos im Allgemeinen ist bei ähnlichen Gelegenheiten die Erwähnung der Titanomachie und der Bergesaufthürmung gebräuchlich: Prop. 2, 1, 19. 4, 8, 47. Ov. Am. 2, 1, 11 ff. u. ö.

Zu bemerken ist hier übrigens noch, dass die öftere und ausführliche Behandlung dieses Stoffes von Seite des Propertius und Ovidius wohl nicht immer ein Ausfluss der freien Wahl des Dichters ist, sondern, dass wir hier manchmal Entschuldigungsgedichte vor uns haben, mit denen sich unsere Poeten, ganz ähnlich wie Horaz, der Zumuthungen des Augustus und Mäcenas, die Gegenwart zu besingen, zu erwehren hatten.

Hieran knüpfe ich wohl noch am Besten die verwandten Elegieenanfänge in Ov. Am. 1, 15 und Prop. 1, 12, obwohl sie, streng genommen, nicht ganz in diese Gedankenreihe gehören:

Prop.:

Quid mihi desidiae non cessas fingere crimen

Ov.:

Quid mihi, Livor edax, ignavos obicis annos

Endlich müssen wir in diesem Abschnitte auch den Versuch der Heroide in Prop. 5, 3 erwähnen, der natürlich in der ganzen Anlage und auch in manchen einzelnen Wendungen und Ausdrücken vielfach den Heroiden Ovid's ähnelt. Ich will aber damit hier etwa nicht behaupten, dass Properz zu dieser Dichtungsart den Anlass gegeben und dass Ovid der Nachahmer sei [1]), sondern eben nur ein weiteres Beispiel geben für die besprochene Aehnlichkeit mancher Gedichte im Ganzen und Grossen, die durch die Wahl eines verwandten Stoffes bei unseren Dichtern sich bildet. Hier bei diesen versificirten Deklamationen, die nur ein Ausfluss der rhetorischen Uebungen sind, ist die Erscheinung ohne Zweifel noch viel leichter erklärlich und so dürfte man denn wohl fast für jeden Gedanken in der Heroide des Properz entsprechende Stellen in den ovidianischen finden. Ich be-

1) Vgl. Bähr Röm. Lit. S. 288. Bernhardy S. 493, Anm. 114.

schränke mich, um mich hier nicht gar zu lange aufzuhalten, nur auf einiges Wenige. Schon der Eingang:

Haec Arethusa suo mittit mandata Lycotae

mahnt an Anfänge bei Ovid:

Her. 1, 1:

Hanc tua Penelope lento tibi mittit, Ulixe

Her. 15, 1:

Hanc tibi Priamides mitto, Ledaea, salutem

Dies sind eben stehende Formeln für diese Briefanfänge; Ovid hat den letzten Vers sogar noch einmal, nur leicht variirt, in Her. 18, 1:

Quam mihi misisti verbis, Leandre, salutem

Für den Vers:

Prop. 5. 3, 4:

Haec erit e lacrimis facta litura meis

vergleiche man Ov. Her. 3, 3:

Quascumque aspicies, lacrimae fecere lituras

Es folgt dann bei Properz die Mahnung an die Versprechungen, das Motiv der Eifersucht, die Schilderung der Einsamkeit ohne den Geliebten, die Sehnsucht ihn begleiten zu können, der Wunsch der glücklichen Rückkehr, lauter Wendungen, die bekanntlich auch oft in den diesbezüglichen Gedichten Ovid's und manchmal in ganz ähnlicher Folge begegnen. Den Vers 29 des Properz von den bitteren, schlaflosen Nächten haben wir schon oben gelegentlich mit Ov. Her. 12, 169 zusammengestellt Als allgemeine Versähnlichkeit hier noch:

Prop. 5, 3, 10:

Ustus et Eoa discolor Indus aqua

Ov. A. A. 3, 130:

Quos legit in viridi decolor Indus aqua

Vgl. Tib. 4. 2. 20:

Proximus Eois colligit Indus aquis

Wir haben nun noch die römischen Elegieen des Propertius zu betrachten und müssen da auf alle drei Elegiker in gleicher Weise Rücksicht nehmen. Die Frage, ob diese properzischen Gedichte ihren Ursprung wirklich Entwürfen zu einem römischen Nationalepos verdanken und ob Vergil dazu den ersten Anstoss gegeben[1]), oder aber, ob sie durch Tibull's Elegie an Messalinus veranlasst worden[2]), ist für uns hier im Ganzen eine gleichgültige und dürfte wohl auch schwer zu entscheiden sein. Mir scheint die Wahrheit in der Mitte zu liegen und jedesfalls wird man den Einfluss Tibull's, wie wir sehen werden, kaum je ganz wegläugnen können. Klar aber und wichtig ist es für unseren Zweck, dass diese Dichtungen des Properz nebst der erwähnten tibullischen Elegie 2, 5 für die Fasti des Ovid von hohem Interesse sind; wollte man es wirklich wagen, in so schwierigen und für uns unlösbaren Fragen sich mit Hypothesen abzugeben, so wäre man hier fast versucht, diesen Gedichten keinen geringen Einfluss auf die Entstehung jenes ovidischen Werkes einzuräumen. In dieser Beziehung wäre auch der Vers Prop. 5, 1, 69, mit dem Anfang der Fasti verglichen, nicht ganz bedeutungslos. Doch, um uns auf solideren Boden zu begeben, notiren wir wieder einfach die Thatsachen und die Stellen, die uns besonders auffielen, damit sich Jeder sein Urtheil selbst bilden könne.

Hier sind in erster Reihe jene Verse zu beachten, die sich auf die Urgeschichte Roms beziehen, um so mehr, weil dabei alle drei in den Kreis unserer Betrachtung gezogene Dichter Einschlägiges enthalten.

Man vergleiche:

Tib. 2, 5, 56:

. . hic magnae iam locus urbis erit

Ov. Fast. 2, 280:

Hic, ubi nunc Urbs est, tum locus urbis erat

---

1) Vgl. Pauly Realenc. 6. Bd. S. 101. Bernhardy Röm. Lit. S. 545.

2) So Gruppe S. 317: „Die römischen Elegieen des Propertius sind alles nur schwache Nachklänge jener tibullischen Elegie an Messalinus."

Prop. 5, 1, 1:

Hoc, quodcumque vides, hospes, qua maxima Roma est,
Ante Phrygem Aeneam collis et herba fuit

Ov. Fast. 5, 93:

Hic, ubi nunc Roma est, orbis caput, arbor et herbae
Et paucae pecudes et casa rara fuit

Tib. 2, 5, 25:

Sed tunc pascebant herbosa Palatia vaccae
Et stabant humiles in Jovis arce casae

Ov. Fast. 1, 243:

Hic, ubi nunc Roma est, incaedua silva virebat,
Tantaque res paucis pascua bubus erat.[1])
Arx mea collis erat

Prop. 5, 1, 6:

Nec fuit opprobrio facta sine arte casa

Prop. 5, 1, 5:

Fictilibus crevere deis haec aurea templa

Ov. Fast. 1, 202:

Inque Jovis dextra fictile fulmen erat

Viele andere ähnliche Wendungen, wie z. B. die von der Einfachheit des Senates im alten Rom Prop. 5, 1, 11. Ov. Fast. 1, 204. 3, 780, übergehe ich, da für unseren Zweck nur das auch für die Form Bemerkenswerthe von Wichtigkeit ist. In dieser Beziehung sind aber wieder die Verse Prop. 5, 1, 15 und 16 sehr auffallend, die von Ovid, zwar nicht in den Fasti, aber in der Ars amandi sichtlich nachgeahmt wurden.

Prop. l. c.:

Nec sinuosa cavo pendebant vela theatro,
Pulpita sollemnis non oluere crocos

Ov. A. A. 1, 103:

Tunc neque marmoreo pendebant vela theatro.
Nec fuerant liquido pulpita rubra croco

---

1) Vgl. fur den Gedanken auch Verg. Aen. 8, 347: Hinc ad Tarpeiam sedem et Capitolia ducit, Aurea nunc, olim silvestribus horrida dumis.

Wir gelangen nun zu der zweiten dieser römischen Elegieen des Properz, zu dem allerliebsten Gedichte von Vertumnus. Entsprechende Stücke in Ovid finden wir bekanntlich Fast. 6, 401 ff. Met. 14, 642 ff.[1]) Besonders zu beachten sind hier:

Prop. 5, 2, 10:

Vertumnus verso dicor ab amne deus

Ov. Fast. 6, 410:

Nomen ab averso ceperat amne deus

Prop. 5, 2, 21:

Opportuna mea est cunctis natura figuris

Ov. Fast. 6, 409:

Nondum conveniens diversis iste figuris

Prop. 5, 2, 25:

Da falcem et torto frontem mihi comprime faeno,
　Jurabis nostra gramina secta manu

Ov. Met. 14, 645:

Tempora saepe gerens foeno religata recenti
Desectum poterat gramen versasse videri

Prop. l. c. 28:

Corbis in inposito pondere messor eram

Ov. l. c. 644:

Corbe tulit, verique fuit messoris imago

Prop. 33:

Cassibus inpositis venor: sed harundine sumpta

Ov. 651:

. . . piscator arundine sumpta

Prop. 47:

At mihi, quod formas unus vertebar in omnes

Ov. 685:

. . formasque apte fingetur in omnes

Weniger Anhaltspunkte für Ovid bietet die vierte Elegie dieses properzischen Buches. Als einigermassen ähnelnd kann man vielleicht die auf die Todesart der Tarpeia bezüglichen Verse anführen:

1) Preller R. M. S. 398 ff.

Prop. 5, 4, 91:

Dixit, et ingestis comitum super obruit armis

Ov. Met. 14, 777:

Dignam animam poena congestis exuit armis

Die ganze Situation aber und die Beschreibung der sich verliebenden Tarpeia bei Properz erinnert manchmal an die betreffende Partie von der Scylla bei Ovid. Met. 8, 17 ff. So z. B. Verse, wie Prop. 5, 4, 21 und Met. 8, 32 ff. Diese bei der Aehnlichkeit des Stoffes an und für sich wenig auffallende Erscheinung wird beachtungswürdiger dadurch, dass Tarpeia in der properzischen Elegie selbst eine Anspielung eben auf Scylla macht, welche Anspielung durch die Form und durch die Verwechselung der beiden Scylla[1]) dann auch wieder für andere Stellen Ovid's nicht uninteressant ist.

Prop. 5, 4, 39:

Quid mirum in patrios Scyllam saevisse capillos,
Candidaque in saevos inguina versa canes

Ov. Am. 3, 12, 21:

Per nos Scylla patri canos furata capillos,
Pube premit rabidos inguinibusque canes

Ov. A. A. 1, 331:

Filia purpureos Niso furata capillos
Pube premit rabidos inguinibusque canes

Prop. 5, 6, das Gedicht vom Palatinischen Apoll und die Besingung der Schlacht bei Actium ist für uns im Gan-

1) Die nämliche Verwirrung der Tochter des Phorcys mit der gleichnamigen Tochter des Nisus auch bei andern röm. Dichtern; z. B. Verg. Ecl. 6, 74: Quid loquar aut Scyllam Nisi, quam fama secuta est Candida succinctam latrantibus inguina monstris, wofür mit Rücksicht auf die Form auf Ov. ex P. 4, 10, 25 zu verweisen wäre: Scylla feris trunco quod latret ab inguine monstris; — für den Ausdruck stelle ich ferner zur gegenseitigen Vergleichung noch folgende Stellen hieher: Lucr. 5, 890: Aut, rabidis canibus succinctas, semimarinis Corporibus Scyllas; Ov. Met. 13, 732: Illa feris atram canibus succingitur alvum. — Bezüglich der Haarlocke des Nisus haben wir schon oben bei Tibull ein paar Verse citirt: ich verweise der Vollständigkeit wegen noch auf Verg. Georg. 1, 405: Et pro purpureo poenas dat Scylla capillo.

zen ohne Bedeutung, da der zweite Theil der Fasti des Ovid fehlt; man könnte für eine Stelle (v. 27 ff.) auf Verg. Aen. 8, 704 verweisen, was aber nicht hieher gehört. Ebenso bemerke ich auch nur im Vorbeigehen die Verse:

Prop. 5, 6, 32:

Aut testudineae carmen inerme lyrae

Tib. 4, 2, 22:

Et testudinea Phoebe superbe lyra

Prop. 5, 6, 74:

Terque lavet nostras spica Cilissa comas

Ov. Fast. 1, 76:

Et sonet accensis spica Cilissa focis

Indem wir Prop. 5, 8 übergehen, da wir daraus nur einzelne Verse später in Vergleich zu ziehen haben werden[1]), kommen wir zur neunten Elegie. Die Sage über Hercules und Cacus wurde bekanntermassen nicht nur von Properz, sondern auch von Vergil und Ovid dichterisch behandelt und so wollen wir denn alle drei Dichter zusammen in Kürze besprechen. Wir müssen, abgesehen von allem Anderen, schon desswegen auch Vergil an dieser Stelle in den Kreis unserer Betrachtung aufnehmen, weil sowohl Properz als Ovid hier sein Vorbild vor Augen gehabt zu haben scheinen. So mahnt z. B. gleich der Anfang der properzischen Elegie an Verg. Aen. 8, 203. Properz und Ovid unter sich ähneln am meisten in den Versen:

Prop. 5, 9, 12:

Aversos cauda traxit in antra boves

Ov. Fast. 1, 550:

Traxerat aversos Cacus in antra feros

Aber auch da haben wir schon einen theilweisen Vorgang in

Verg. Aen. 8, 210:

Cauda in speluncam tractos

---

1) Dass der Ausgang in v. 61: Illas direptisque comis tunicisque solutis mit Tib. 1, 5, 15: Ipse ego velatus filo tunicisque solutis zusammengehalten werden könnte, sei hier nebenbei erwähnt.

und bekannt sind gleichfalls die Worte in der Erzählung des Livius I, 7, 5: Aversos boves caudis in speluncam traxit.[1])

Bei weitem am häufigsten jedoch, wie schon gesagt, lehnt sich auch Ovid an dieser Stelle an Vergil an. Ich gebe die bemerkenswerthesten Beispiele:

Ov. Fast. 1, 554:

. pater monstri Mulciber huius erat

Verg. Aen. 8, 198:

Huic monstro Volcanus erat pater

Ov. Fast. 1, 555:

Proque domo longis spelunca recessibus ingens

Verg. Aen. 8, 193:

Hic spelunca fuit, vasto submota recessu

Ov. Fast. 1, 557:

Ora super postes affixaque bracchia pendent,
Squalidaque humanis ossibus albet humus

Verg. Aen. 8, 196:

Caede tepebat humus, foribusque adfixa superbis
Ora virum tristi pendebant pallida tabo

Ov. Fast. 1, 563:

Ille aditum fracti praestruxerat obice montis

Verg. Aen. 8, 227:

. fultosque emuniit obice postis

Ov. Fast. 1, 567:

Quod simul eversum est, fragor aethera terruit ipsum

Verg. Aen. 8, 239:

. inpulsu quo maxumus intonat aether

Ov. Fast. 1, 577:

. . mixtosque vomit cum sanguine fumos

Verg. Aen. 8, 252:

Faucibus ingentem fumum, . .
Evomit

Ov. Fast. 1, 581:

Constituitque sibi, quae Maxima dicitur, aram

---

1) Vgl. Schenkl, Ovidius und Livius. Oesterreich. Gymnas. 1860. 6. Heft. S. 401.

Verg. Aen. 8, 271:

Hanc aram luco statuit, quae Maxuma semper
Dicetur nobis, et erit quae maxuma semper

Prop. 5, 9, 67:

Maxima quae gregibus devota est ara repertis,
Ara per has, inquit, maxima facta manus

Nach allem diesem bleibt uns jetzt bloss mehr übrig, einige allgemeine Versähnlichkeiten oder gleichklingende Ausgänge, die wir bei Propertius und Ovidius treffen, zu notiren:

Ov. Am. 2, 11, 4:

Conspicuam fulvo vellere vexit ovem

Ov. Her. 17, 144:

Aurea lanigero vellere vexit ovis

Prop. 3, 21, 6:

Aurea quam molli tergore vexit ovis

Ov. Am. 3, 17, 1:

Siquis erit, qui turpe putet servire puellae

Prop. 4, 14, 21:

Si deus es, tibi turpe tuam servire puellam

Ov. A. A. 1, 67:

Tu modo Pompeia lentus spatiare sub umbra

Prop. 5, 8, 75:

Tu neque Pompeia spatiabere cultus in umbra

Ov. Am. 3, 9, 28:

Diffugiunt avidos carmina sola rogos

Prop. 5, 7, 2:

Luridaque evictos effugit umbra rogos

Ov. Fast. 1, 344:

Et non exiguo laurus adusta sono

Ov. Fast. 4, 742:

Et crepet in mediis laurus adusta focis

Prop. 3, 25, 2:

Et iacet extincto laurus adusta foco

Ov. Met. 1, 508:

Sic aquilam penna fugiunt trepidante columbae

Ov. Met. 5, 605:

Ut fugere accipitrem penna trepidante columbae

Ov. A. A. 1, 117:

Ut fugiunt aquilas, timidissima turba, columbae

Prop. 4, 2, 31:

Et Veneris dominae volucres, mea turba, columbae

Ov. Met. 3, 484:

. . aut ut variis solet uva racemis

Ov. Trist. 4, 6, 9:

Tempus, ut extentis tumeat, facit, uva racemis

Prop. 5, 2, 13:

Prima mihi variat liventibus uva racemis[1])

Ov. Fast. 6, 522:

Turpia femineae terga dedere fugae

Ov. Trist. 1, 9, 20:

Cautaque communi terga dedere fugae

Ov. ex P. 3, 2, 8:

Qui cum fortuna terga dedere fugae

Prop. 5, 2, 54:

Atque hostes turpi terga dedisse fugae

Vgl. Ov. Trist. 3, 5, 6.

Ov. Trist. 1, 2, 77:

Nec peto, quas quondam petii studiosus, Athenas

Ov. Her. 2, 83:

. . Jam nunc doctas eat, inquit, Athenas

Prop. 4, 21, 1:

Magnum iter ad doctas proficisci cogor Athenas

Am Ende auch hier wieder einige Kleinigkeiten. Vor Allem muss ich den öftern Gebrauch gewisser Deminutiva bei Properz und Ovid erwähnen. In dieser Beziehung spielt besonders das Wort ocellus eine grosse Rolle, in dessen

---

1) Ein beliebter Versausgang. Vgl. ausserdem schon Verg. Georg. 2, 60: Et turpis avibus praedam fert uva racemos.

Gebrauche schon die Comiker und Catull vorangegangen [1]. In den entschieden ächten Gedichten Tibull's aber findet es sich, so viel ich mich erinnere, niemals, wohl aber im dritten Buche 6, 47. Von den fast unzähligen Stellen aus Properz und Ovid nur einige als Belege:

Prop. 1, 1, 1. 1, 3, 19. 3, 5, 1. 3, 7, 7. 3, 15, 7. 3, 20, 47. 3, 21, 13. 3, 22, 21. Ov. Am. 3, 5, 1. 3, 2, 83. A. A. 2, 691. Her. 5, 45. 11, 35. Fast. 3, 19. Fast immer dient es natürlich als bequemer Versausgang.

Ferner mögen zum Schlusse hier noch ein paar Wortzusammenstellungen Platz finden, die bei unsern Dichtern manchmal in ähnlicher Weise angewendet werden. So die Betheuerungsformel: crede mihi. z. B.: Prop. 3, 22, 33. 4, 8, 31. Ov. ex P. 2, 7, 23. 2, 9, 11. Her. 16, 137. A. A. 3, 653. Met. 1, 361. Fast. 1, 496. Bei Ovid auch öfter mihi crede, z. B. Met. 14, 31. 14, 244. 15, 254. [2]) Die Verwünschungsformel: Hostibus eveniat: Prop. 4, 7, 20. Ov. Am. 3, 11, 16. A. A. 3, 247. Her. 15, 217. Fast. 3, 494. ex P. 4, 6, 35. Gewöhnlich bildet die Phrase den Versanfang; eine andere Stellung begegnete mir nur in den genannten, formell eng zusammengehörigen Versen Ovid's:

Am. 3, 11, 16:

Eveniat nostris hostibus ille pudor

Fast. 3, 494:

Eveniat nostris hostibus ille color [3])

Ueber die Wendung verwandter Art: Ah pereat, die besonders oft bei Properz vorkommt (1, 6, 12. 1, 17, 13. 3, 17, 12. 3, 18, 15. 3, 31, 27. u ö.), gehe ich hinweg,

---

1) Für jene ist die Sache bekannt genug. aus Catull verweise ich beispielshalber auf die Stellen 3, 18. 43, 2. 50, 19.

2) Ueber die beiden Formen vgl. übrigens Bach zu Ov. Met. 1, 361. Schultz lat. Gr. § 444, 7.

3) Mir schien diese Erscheinung deswegen um so mehr einer kurzen Besprechung würdig, da sie für die Phraseologie Ovid's doch nicht ganz uninteressant, aber im Allgemeinen wenig beachtet ist; Klotz citirt in seinem Wörterbuche s. v. hostis nur die Stelle Fast. 3, 494.

da sie auch schon aus Tibull bekannt ist. (Vgl. 1, 1, 51. 2, 4, 27. 4, 3, 6.)

Eine andere hiehergehörende Formel ist: pondus habere, in dem Sinne: „Gewicht, Bedeutsamkeit haben". Vgl. z B. Prop. 4, 6, 44. 5, 7, 88. Ov. Fast. 1, 182. Met. 9, 496 cf. Ib. 70. Her. 7, 65.[1])

Zuletzt müssen wir noch den Gebrauch von esse aliquid, so viel als: „Etwas, d. h. nichts Geringes, Unbedeutendes sein" berühren, der für unsere Dichter schon aus Catull (1, 4) und Properz (5, 7, 1) belegt werden kann, aber dann vorzugsweise bei Ovid sehr beliebt wurde: Her. 4, 29. 11, 11. 3, 131. Am. 1, 12, 3. Fast. 6, 27. 1, 484. Met. 13, 241. 6, 543. 12, 93. Ex P. 2, 7, 65. 2, 8, 9. 2, 10, 39. 3, 4, 18.[2])

Wenden wir nun nach dieser Wanderung unseren Blick noch einmal zurück auf alles das, was wir während derselben beobachtet, so wird das Resultat folgendes sein: Mag man auch vielleicht nicht Alles von dem Besprochenen als bedeutend und beweiskräftig gelten lassen, so bleibt doch ohne Zweifel noch immer so viel übrig, um mit Gewissheit behaupten zu können, dass Ovidius von auffallenden Selbstwiederholungen durchaus nicht frei ist und dass er auch vielfach von Catull, Tibull und Properz abhängt. Für die erstere Erscheinung liegen die Gründe bei einem so entschieden productiven, leicht arbeitenden Dichter in nächster Nähe und wir haben dieselben schon gleich im Anfange ausführlicher auseinandergesetzt. Beim zweiten Punkte müssen wir vor Allem immer auf die Entwicklungsgeschichte der römischen Poesie im Allgemeinen und der augusteischen insbesondere Rücksicht nehmen, wenn wir das hier Begegnende ohne Vorurtheile und, ohne einem der Dichter Unrecht zu thun, beurtheilen und erklären wollen. Was

---

1) Eine von der rhetorischen Prosa in die poetische Sprache übertragene Phrase. Aehnliches gilt auch von der folgenden.

2) Vgl. zu dieser Emphase Ruhnk. z. Her. 3, 131.

vorerst Catull anbelangt, so scheint sich nach meiner Meinung aus den angeführten Thatsachen zu ergeben, dass der Einfluss dieses Dichters auf Ovid nicht zu unterschätzen sei, dass sich derselbe aber im Ganzen weniger auf die Phraseologie, als vielmehr auf gewisse poetische Intentionen, Wendungen, Figuren und Mittel der Technik, wohl meist griechischen Ursprungs, erstrecke; bedenkt man nun, dass Catull gewissermassen der Schöpfer der Elegie [1]), ein kräftiger Vorarbeiter der augusteischen Kunstschule und zum grossen Theile der Vermittler zwischen der griechischen und römischen Poesie war, von denen die erstere der letzteren eben die saubere Technik lehrte [2]), dass aber andererseits die Sprache Catull's noch durchaus nicht reich ist, sondern in mässigem Kreise, mit vielen Wiederholungen sich bewegt, so wird alles das, was wir gefunden, nicht unschwer erklärlich sein. Nehmen wir noch dazu, dass hier auffallende Wiederholungen in dem Massstabe, dass sie wirklich Anstoss erregen könnten, wenige Ausnahmen abgerechnet, nicht vorkommen, so werden wir nur den Geschmack Ovid's anerkennen müssen, der so gut von seinem genialen Vorgänger zu lernen wusste. Etwas anderes ist es um den Standpunkt, den Ovid gegenüber Tibull und Properz einnimmt, aber hier sind auch wieder ganz andere Verhältnisse. Schon im Allgemeinen war die augusteische Kunstschule, mochten auch die einzelnen Glieder zu verschiedenen Kreisen gehören, durch einen so engen Verband, durch einen so innigen Zusammenhang verknüpft, dass die meisten Dichter einander in vieler Beziehung ähnlich werden und als Glieder e i n e r Familie erscheinen [3]). Noch mehr ist dies insbesondere bei den Elegikern der Fall und von diesen haben wir hier vorzugsweise zu sprechen, da ich das Uebrige noch am Schlusse des zweiten Heftes, nach Besprechung

1) Vgl. Bähr R. L. S. 372.
2) Bernhardy S. 350.
3) Bernhardy S. 352.

aller hieher gehörigen Dichter, zu erörtern hoffe. Ich betrachte es als ein Hauptresultat dieser meiner Studien, jenes, was schon Gruppe angedeutet [1]), näher bewiesen zu haben, dass nämlich die römische Elegie in der erotischen Spielart sich eigentlich doch in sehr engen Grenzen bewegte und am Ende zu einer gewissen Einförmigkeit, zur öfteren Wiederholung gewisser Gemeinplätze gelangen musste [2]). Haben wir ja doch auch gar manche Stellen gefunden, in denen auch Propertius ganz auffallend auf dem Boden seines Vorgängers Tibullus steht, obwohl er eigentlich zu einer verschiedenen Richtung gehört und der Name Tibull nie seinem Griffel entgleiten wollte. Wir haben nämlich in der Zeit vor Ovid auf dem beschränkten Spielraume der römischen Elegie nur zwei Richtungen, die sich aber mehr auf die Form als auf den Inhalt beziehen; die eine sucht das, was man schon einmal in dieser erotischen Dichtungsart zu behandeln pflegte, in mehr freier, römischer Weise und ächt nationeller Entwicklung und daher mit grösserer Einfachheit und Natürlichkeit durchzuführen und dies wäre der einzige richtige Weg zur Fortbildung gewesen, wenn man sich von den einmal gesetzten Schranken hätte befreien können; hierin hatte jedoch für den festgesetzten Wirkungskreis schon Tibull das Höchste geschaffen und eben darum wird dieser Dichter mit Recht immer als der grösste römische Elegiker gepriesen werden, weil er mit richtigem Takte auf dem allein wahren Felde Vorzügliches geleistet [3]). Unter solchen Umständen kam aber dann durch den jungen, nach Originalität strebenden Propertius die andere, gräcisirende Richtung, von der die Elegie mit Catull ursprünglich ausgegangen [4]), von Neuem in Aufschwung und wurde auf eine unläugbar geistreiche, ganz eigenthümliche

---

1) S. 353.
2) Bähr in Pauly's Realenc. 3, 77.
3) Vgl. Pauly Realenc. l. c. Bernhardy R. L. S. 536. Bähr S. 273.
4) Bernhardy S. 512. Bähr S. 272.

Art ausgebildet[1]). Auf diese Beiden folgte Ovid, vielleicht mit grösserer dichterischer Begabung als Beide. Hier wie dort war schon die Höhe erstiegen und andrerseits hatte die Elegie immer noch ein gewisses traditionelles Gebiet. Das Reich, das sich diese Dichtungsart in dem geistvoll leichtfertigen Verhältnisse zu den Libertinen und in dessen verschiedenen Nüancirungen gebildet, war eben desshalb so felsenfest begründet, weil es zum grossen Theile Hauptstütze einer gewissen Selbstständigkeit und nationalen Lebensfrische gegenüber der alexandrinischen Elegie geworden war. Wie sehr sich nun Ovid auch bestrebte, den Motiven, die einmal im Schwunge waren, immer neue Gesichtspunkte abzugewinnen[2]), ihnen durch die herrlichen Schilderungen des inneren Menschenlebens, welche ihm eine eigenthümliche Stellung unter allen Erotikern des Alterthums sichern, ein frisches Gepräge aufzudrücken, sie in besonderen, ungewohnten Abarten (Heroiden, Ars amandi) zu behandeln, es musste ihm unter seinen Verhältnissen im Grunde doch unmöglich werden, sich einen ganz eigenen Boden zu schaffen und sich von allem dem, was der römischen Elegie seit ihrer Entstehung zu Grunde lag, zu weit zu entfernen. Wenn nun aber demnach hier der Stoff im Ganzen und Grossen doch sehr oft wieder auf schon Behandeltes zurückführte und dort die zwei allein möglichen, verschiedenen Richtungen schon den Gipfelpunkt erreicht hatten, was blieb da unserem sulmonischen Dichter übrig, als bezüglich der Form in mancher Hinsicht gewissermassen poetischer Eklektiker zu werden? Hiemit ist vieles erklärt, aber noch nicht Alles; denn auf der einen Seite steht doch wieder die Thatsache fest, dass auch in den anderen Werken

1) Bernhardy S. 541.

2) Vgl. Gruppe S. 371. Der an dieser Stelle beigefügte Tadel ist natürlich vom moralischen Standpunkte aus vollkommen gerecht; aber die Erweiterung jenes römisch-erotischen Feldes war eben grossentheils nur mehr in dieser Weise möglich, dass der Dichter in vieler Beziehung die Moral preis gab.

Ovid's, die sich nicht auf dem Gebiete der erotischen Elegie bewegen, öfter Reminiscenzen und Anklänge solcher Art sich finden, dass sie uns wirklich auffallen müssen. Vorzüglich zeigt sich in der Phraseologie sehr häufig seine Abhängigkeit und hier scheint von den besprochenen Dichtern ganz besonders Tibull auf ihn eingewirkt zu haben. Dies wegläugnen oder in jeder Hinsicht entschuldigen wollen, wäre Thorheit. Und da müssen wir wieder zum Theil auf jene Gründe zurückgreifen, die wir für die Selbstwiederholungen angeführt, ganz besonders auf den hohen Grad der Leichtigkeit der ovidischen Poesie, die man ganz treffend als „Gemisch von Studium und momentaner Laune" bezeichnet hat [1]. Ovidius wusste sich eben auch hier nicht immer ganz zu beherrschen und das treue Gedächtniss und die Belesenheit mögen ihm wohl manchmal unbewusst Verse und Situationen an die Hand gegeben haben, die gar zu sehr an seine Vorgänger erinnern; oder war es bisweilen auch ein gewisses Selbstgefühl, das im Bewusstsein seines eigenen Werthes sich auch gar nicht scheute, zu bekennen, was es von Anderen gelernt? Hier und da möchte man fast auch auf diesen Gedanken kommen. Denn trotz aller dieser Erscheinungen dürfen wir doch Ovid's Verdienste um die römische Poesie nicht herabdrücken. Es ist wahr, er hat viel von seinen Vorgängern gelernt und viel geborgt; wie viel er aber auch entlehnte, er wusste doch in den meisten Fällen mit feinem Takte das auszuwählen, was dem Charakter seiner Poesie entspricht, und hatte so viel Kraft, das von Aussen her Erworbene fortzuentwickeln, geschmackvoll mit dem Seinigen zu vermischen und es so gewissermassen zu seinem Eigenthume zu machen. Ich verweise hier beispielshalber nur auf manche Punkte seiner Versification und auf die besprochenen Bilder und Verstärkungen, die er, wie man grossentheils schon aus den Versanklängen sieht,

---

1) Bernhardy S. 466.

ursprünglich von Anderen ererbte, die aber alle unter seiner Hand nach und nach frisches Leben und neue Gesichtspunkte gewinnen, manchmal freilich in solchem Grade, dass sie bis in's Fehlerhafte seiner Manier fortgeführt werden. Nimmt man zu diesem Takte in der Nachbildung, der immer schon von dichterischer Begabung zeugt, noch das hinzu, worin er wirklich originell ist, die geschmackvolle Erzählung[1] und seine oft grossartigen Betrachtungen und Schilderungen des Psychologischen im Individuum[2]), denken wir an seine Productivität, würdigen wir richtig die Zeitverhältnisse, so werden wir trotz der vielen Reminiscenzen doch nicht umhin können, Ovidius als einen der begabtesten Dichter des alten Rom anzuerkennen; hat er — und dies ist eine andere Frage — nicht so viel geleistet, als er mit seinen reichen Anlagen hätte leisten können, so fällt die Schuld auf die äusseren Umstände und noch mehr auf die Fehler, die gerade solchen Dichternaturen nur zu gerne ankleben, auf das zu grosse Selbstvertrauen und auf ein gewisses Sichgehenlassen. Nach dem Gesagten halte ich

---

1) Vgl. Bernhardy S. 497.

2) Das Hiehergehörige ist trefflich und mit einer gewissen Wärme entwickelt in dem Büchlein von Dr. A. Reichart: Die sittliche Lebensanschauung des P. Ovidius Naso. Potsdam 1867. — Ich erlaube mir bei dieser Gelegenheit noch ganz besonders auf eine Stelle dieser Schrift aufmerksam zu machen, die theilweise in das Gebiet unserer Abhandlung herüberstreift. Der Verf. kommt nämlich S. 19 auf die Wiederholungen der nämlichen Situationen in verschiedenen Werken Ovid's zu sprechen und erklärt sie in geistreicher Weise „aus der moralisirenden Richtung des Dichters von Sulmo". Wir haben von diesen wiederholten Situationen an sich oben bei den Selbstwiederholungen Ovid's eben aus dem Grunde nicht gesprochen, weil sie sich in verschiedener Weise erklären lassen und diese Auffassung Reichart's ist gewiss eine der schönsten und des Dichters würdig. Für unseren Zweck waren in einigen jener Stellen nur die sprachlichen Wiederholungen und die fast wörtlich wiederkehrenden Verse von Interesse, die sich auf keine Weise ganz rechtfertigen lassen. Demungeachtet sind wir auch in diesem Punkte weit entfernt, den Dichter der „Selbstplünderung" zu zeihen, wie man wohl am Besten aus dem oben Gesagten ersehen wird.

es fast für überflüssig, noch beizufügen, dass das Lob einer eigentlich schöpferischen Originalität, das Ovid hie und da gezollt wurde, seine wahre aber auch seine falsche Seite hat; es ist eben immer nur auf gewisse Punkte zu beschränken, am allerwenigsten aber gewiss auf seine Phraseologie. Dafür noch mehr Belege im zweiten Hefte.

Nachträgliche Bemerkung. Einige Versehen im Drucke, die sich hoffentlich nie auf Wichtiges, wie z. B. Citate u. dgl., beziehen werden, bittet man durch die Entfernung des Verfassers vom Druckorte zu entschuldigen. Doch dürften sich diese kleinen Fehler im Allgemeinen wohl darauf beschränken, dass die Zeile des Pentameter öfters direct unter der des Hexameter beginnt, wie z. B. gleich auf Seite 7, bei dem aus Ov. Trist. 4, 10, 25 citirten Distichon. Dass übrigens die Interpunctionen am Schlusse der angegebenen Verse, als für unseren Zweck ganz gleichgültig und die Correctur und Gleichförmigkeit erschwerend, geflissentlich weggelassen wurden, sei, um Missverständnissen vorzubeugen, hier noch nachträglich erwähnt.

☛ **Ein Verzeichniss aller besprochenen Stellen soll am Schlusse des zweiten Heftes folgen.**

www.ingramcontent.com/pod-product-compliance
Lightning Source LLC
Chambersburg PA
CBHW020750020726
47495CB00008B/2363

* 9 7 8 3 7 4 1 1 5 7 6 6 0 *